U0141005

行摄·巴基斯坦

Traveling in Beautiful Pakistan

丁允衍 徐海 著

浙江摄影出版社

Bilal Haque 摄

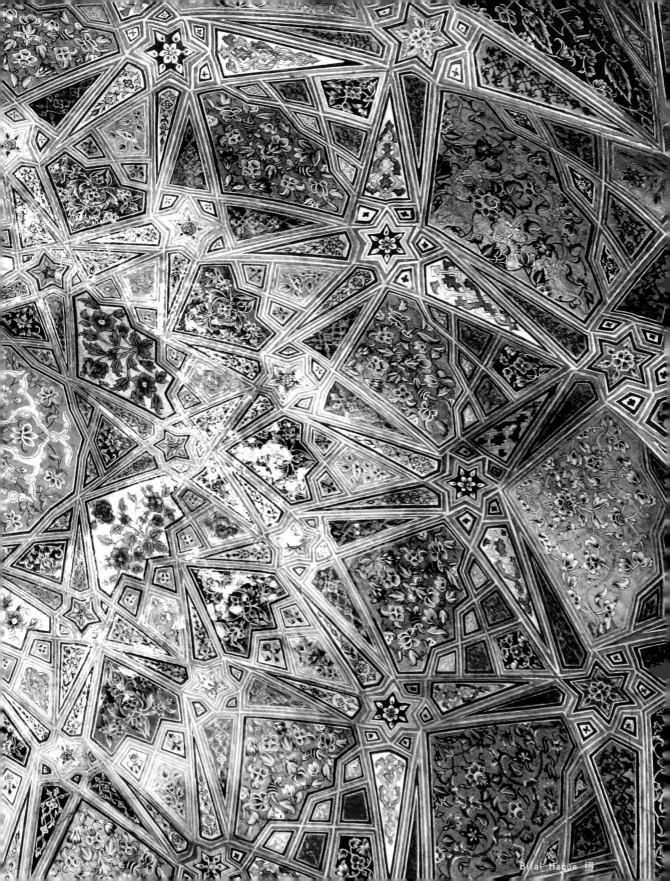

Bilal Haque 摄

Destination
Pakistan
2007

Quanjing

《行摄·巴基斯坦》是一本关于巴基斯坦风情的旅游图书，是由中国中央电视台《探索·发现》栏目徐海先生拍摄的。

我们非常诚挚地感谢丁允衍先生和徐海先生所做的努力。他们的这番美意必将有助于增进巴基斯坦和中国之间的友谊。

这本书除了表现巴基斯坦美丽的自然风光和文化遗产外，还涉及了摄影艺术方面的知识。

为了进一步促进巴基斯坦旅游业的发展，我们特地制定了"巴基斯坦之旅"的推广计划。我们热烈欢迎中国朋友到巴基斯坦旅游，欣赏那里的美丽风景，享受巴基斯坦人民的盛情款待。

最后，我们衷心祝愿丁允衍先生、徐海先生和读者朋友事事如意，幸福美满。

巴基斯坦伊斯兰共和国驻华大使

萨尔曼·巴希尔

2007年3月5日

EMBASSY OF PAKISTAN
BEIJING

AMBASSADOR

05 March 2007.

This pictorial "Traveling in Beautiful Pakistan" is based on splendid photography by Mr.Xuhai of CCTV.

We thank and commend CCTV and Mr. Xuhai for this wonderful effort, which will contribute to further deepening the bonds of friendship between Pakistan and China.

Besides revealing the natural beauty and cultural heritage of Pakistan, this work is also designed to teach the art of photography.

Pakistan is arranging special events to promote tourism under the rubric "Destination Pakistan". We warmly welcome our Chinese friends to visit the scenic spots and enjoy the traditional warm hospitality of the people of Pakistan.

We wish Mr. Xuhai and CCTV every success and to the readers every happiness.

(Salman Bashir)

巴基斯坦自然景观丰富多样。喜马拉雅、喀喇昆仑、兴都库什山脉交汇于北部地区，山势雄伟险峻、山峦逶迤连绵，著名的四大山谷——奇特拉尔、卡罕、吉尔吉特·洪扎、斯卡尔都，景色独特；蜿蜒伸展的海岸线和洁净、美丽的海滩，让人流连忘返；还有奔腾的河流、荒凉苍茫的沙漠、茂密的森林，是探险者的神往之地。

巴基斯坦历史悠久，文化遗产五彩斑斓。闻名遐迩的莫亨焦达罗、哈拉帕，展示了史前的人类遗迹；塔克西拉、斯瓦特的佛教遗址，众多印度教、锡克教遗迹，呈现了古代哲人追求真谛的足迹；还有莫卧尔王朝的古堡、苏菲派穆斯林的神秘圣地、英国殖民地时期的欧式建筑，陈述着世代的兴衰、更迭。漫步在这古老的土地上，就像漫步于历史长河之中。

巴基斯坦现代人文景观颇具特色。新兴的工业园区，繁忙的港口、商贸中心、现代银行、通讯公司，大学、图书馆等，代表着经济、社会的发展方向；费萨尔清真寺、真纳墓、伊克巴尔墓等，则展示着伊斯兰文明的魅力和这个国家的发展历程。

《行摄·巴基斯坦》精彩地展现了巴基斯坦的独特风韵与别致风情。希望它能让读者朋友更直观地了解这个和中国山水相连、亲如兄弟的友好邻邦，从中收获更多的温馨和感动。

中华人民共和国驻巴基斯坦大使 张春祥

2006年12月

Embassy of the Islamic Republic of Pakistan

Beijing

پاکستان ۱۴ اگست ۱۹۴۷ کو معرضِ وجود میں آیا۔لیکن اس کی شاندار تاریخ پانچ ہزار سال پرانی ہے۔ پاکستان کی سرز مین کئی اہم اور قدیم تہذیبوں کا گہوارہ رہی ہے۔تقریباً دو ہزار سالہ قدیم ترقی یافتہ شہروں اور قصبوں پر مشتمل وادی سندھ کی تہذیب نیل Mesopotamia اور دریائے زرد کی تہذیبوں کی ہم عصر تھی۔

گندھارا تہذیب پاکستان کے شمالی اضلاع میں پھلی پھولی۔دارالحکومت اسلام آباد سے چند ہی میل کے فاصلے پر واقع شہر ٹیکسلا اس تہذیب کے علم وادب کا مرکز رہا ہے۔مشہور چینی سیاح Xusan Zang سمیت کئی چینی سیاحوں نے بدھ مت کی تعلیم کے حصول کی خاطر ٹیکسلا کا سفر کیا۔معروف چینی ناول "xi you ji" یعنی "مغرب کا سفر" میں اس کا تذکرہ موجود ہے۔

پاکستان کی عظیم الشان اسلامی تاریخ تقریباً ایک ہزار سال سے زائد عرصے پر پھیلی ہوئی ہے۔ پاکستان کے تہذیبی اقدار وافکار، رنگا رنگ قومی تہوار، روایات، علم وادب، زبان، موسیقی، رہن سہن اور پُر شکوہ قدیم اور جدید طرزِ تعمیرات میں وسطی ایشیا اور مغربی ایشیا کی تہذیبوں کی پُرکشش جھلک نظر آتی ہے۔دنیا کی بلند ترین اور حیران کن برف پوش چوٹیوں سے لیکر وسیع وعریض میدانوں، لہلہاتے کھیتوں، گنگناتے دریاؤں، چہچہاتے پرندوں، خاموش صحراؤں، گہرے سمندروں، مہکتی فضاؤں، بل کھاتی وادیوں اور دلکش نظاروں پر مشتمل ارضِ پاکستان سیر وسیاحت کے دلدادوں کیلئے بیشمار مواقع فراہم کرتی ہے۔ پاکستان سے متعلق خوبصورت تصاویر پر مبنی اپنی کتاب میں جناب شوہائی نے انتہائی محنت اور کمال مہارت سے پاکستان کے خوبصورت مناظر کی عکس بندی کی ہے۔ یہ کتاب ایک شخصی مرقع ہی نہیں بلکہ ایک تصویری دستاویز بھی ہے۔تصویریں بولتی ہیں اور بہت کچھ کہتی ہیں۔ جمالیاتی ذوق رکھنے والے اس کتاب میں دی گئی تصاویر کی زبانی ہماری ثقافت، سیاحت، معاشرت اور تاریخ کی کہانی سن سکتے ہیں۔

جناب شوہائی نے اس کتاب کے ذریعے پاک چین دوستی کا حق ادا کیا ہے۔ میں ان کی زبردست کاوشوں پر مبارک باد پیش کرتا ہوں۔

محمد افتخار راجہ

پریس اور کلچر کونسلر

پاکستانی سفارت خانہ، بیجنگ

جنوری ۲۴، ۲۰۰۷ء

巴基斯坦伊斯兰共和国是1947年8月14日诞生的，但巴基斯坦拥有五千多年的悠久历史，并是多个古老灿烂文明的摇篮。两千年前就有了与黄河流域文明并驾齐驱的印度河流域文明和美索不达米亚文明。犍陀罗佛教文化在巴基斯坦北部繁荣发展，距首都伊斯兰堡不远的塔克西拉就是佛教文化的中心，玄奘等中国古代高僧都曾来此求法。中国古典文学名著《西游记》中就提到西天取经的故事。

　　伊斯兰教在巴基斯坦的传播也有一千年的光荣历史。巴基斯坦灿烂的文化、丰富多彩的节日、风俗习惯、文学、语言、音乐以及古老和现代的建筑艺术，都展现了中亚和西亚文明的精华。

　　巴基斯坦拥有世界著名的雪峰、广阔的平原、绿油油的田园、奔腾不息的河流、欢唱的鸟儿、寂静的沙漠、深邃的海洋、芳香的气息和怡人的风景，是旅游者的天堂。

　　徐海先生在《行摄·巴基斯坦》一书中，出色地展示了巴基斯坦的美景。这不仅仅是他个人的影集，也是一部图片的文献。

　　图片述说着无穷的故事。这本书中的图片讲述了我们的文化、旅游、社会和历史的故事。

　　丁允衍先生和徐海先生通过这本书为巴中友谊加油呐喊。在此，我谨对他们的努力和成就表示赞赏和祝贺。

巴基斯坦伊斯兰共和国驻华使馆 新闻文化参赞

穆罕默德·伊夫迪哈·拉加

2007年1月24日

序
PREFACE

这是一套关于巴西、德国和巴基斯坦三个国家风情赏析的旅游摄影画集，同时也是一套普及摄影知识的轻松学习读本。我没有想到，作者会以这样鲜活的方式来嫁接旅游和摄影，读来让人耳目一新。

作者对旅游摄影并不"刻意"为之，而主张轻松和自由。他们按照自己对"摄影小品"独到的看法，使这套旅游摄影画集从"小品"的角度捕捉异域风景；提倡一种随遇而"按"、信手"摄"来的摄影态度；在摄影大众化的潮流中，倡导"学习照相、普及审美"的文化理念，这不单是打破了传统摄影的思维定式，而且是一种有所突破、有所创意的拍摄方法。

在这套书中，作者尝试了一种"一起旅游，一起学习"的快乐学习法。他们从摄影观察方法、摄影造型、摄影构图和摄影视觉中心入手，把摄影课堂搬到了活色生香的三个国家，将巴西、德国和巴基斯坦之美，用线条、形状、影调、色彩、角度、景别、用光和构图等诸多摄影理论予以生动的图解和诠释，读后如上了一堂精彩的案例摄影课。

这三本书中的摄影作品是作者在三个国家的学习考察过程中顺手拍摄的，不难看出因为外出拍摄的匆忙，有些照片的光线不是很理想，但是三个摄影作者镜头里的三个国家，虽然拍摄角度不同，手法不同，可一样精彩。每本书的画面亦真亦幻，内容多样生动，色彩灵动活泼，富有吸引力，而风景里讲述的理论，也因此显得生动而富有情趣。与摄影相关的美学和理论，随着作者一组组的镜头，"润物细无声"地潜移默化到读者的心田。我们在欣赏三个国家别样风情的同时，也体验了一种学习的快乐和发现的惊喜。作者除了深厚的理论素养外，每座城市的游记文笔流畅、叙述生动，漂亮的图像和美丽的文字相得益彰，特别是每组画面下的摄影手记，笔力绵长，耐人寻味，从中可以感悟到作者在拍摄过程中那一刹那喷薄而出的情怀和灵感。

丁允衍先生20世纪70年代曾在我院进修学习，现在财政部工作。他的才华令我注目，成为我的好友。这是他20余年坚持摄影理论研究和业余摄影教学的结果。他是中国摄影家协会会员、中国新闻摄影学会学术委员，有着丰实的摄影理论基础和实践经验，擅长摄影理论的研究和教学。我读过他的摄影理论文章。难能可贵的是，他对摄影理论的研究深入浅出，总是有着独到的看法和生动的解说。现在他和他的同伴将这套版式漂亮、风格独特的《行摄·巴西》、《行摄·德国》和《行摄·巴基斯坦》一起付梓出版，对我国旅游摄影的发展和摄影知识的普及无疑是一项很有意义的工作。我祝贺这套好书的面世，并祝愿他的辛劳能得到广大读者的喜欢。

是为序。

北京电影学院教授　　张益福

旅游摄影小品

目录 CONTENT

精细 · 虚动 · 不完整

——摄影就是摄影

■ 从传统绘画到现代摄影，摄影大师们用自己的实践，创造着与绘画不同的画面效果，丰富着摄影独特的表现理念和审美意识。

1992年，我在《论"摄影效果"》一文的开头写过这样一段话：

在欣赏摄影作品和美术作品时，我们常常能听到这样一些议论，"这张照片跟版画一样"，"这拍得真像一幅油画"或是"这幅画画得简直像照片"，等等。可能有人对这些尚不入艺术欣赏之道的议论颇不以为然，然而正是这些"普洛"式的议论，使我们看到了在摄影术诞生后的一个半世纪里，在人们的思维中早已经意识到了绘画和摄影的区别。只是长期以来，我们往往将两者区别的焦点集中到了工具、手段上，而没有最终在画面的感受力方面予以更多的思考；但是欣赏者的心理及其评价却都是由画面的最终效果开始的。在绘画和摄影长期发展的过程中，人们不仅意识到了两者工具、手段的区别，而且也注意到了两者最终在表现效果上的区别，可能这种意识尚处在朦胧状态，但人们毕竟还是以最终的画面效果来认识作品和评价作品的。

十多年过去了，在摄影大众化的进程中，人们正在自觉或不自觉地增强对摄影自身特点的认识，不仅在拍摄方法上，更是在摄影画面的最终效果上。

我曾对"摄影效果"作过这样的定义，摄影效果是摄影者运用摄影工具的特点所创造的，看上去未经修饰和雕琢的画面结构，事实上是人们经过长时间对摄影的记录和揭示能力的不断认识而逐渐形成的对摄影作品的一种特殊的积习视觉和感受心理。

这则定义可能有点过于理论化，但是其中有两点是明确的，这就是摄影效果是摄影工具——照相机决定的；摄影效果是被摄对象自然真实的反映。正是这两点，构成了人们对摄影特有的精确、虚动、不完整的特殊感受和认识。

追求精确——从画师们手中的"暗箱"说起

把握景物严谨的透视和比例关系，把握精确的细节和色彩描绘，是西方绘画的基本理念，也是西方画师们致力于提高素描功力的基础。于是，辅助绘画成了"暗箱"早期最具实用价值的体现。在摄影术发明之前，"暗箱"的应用已经有了长达800年的历史，大约在11世纪就有阿拉伯学者阿尔哈赞运用暗箱小孔成像原理观察日蚀的记载，古希腊的亚里士多德时代"暗箱"就已经用于辅助绘画了，因为"暗箱"可以得到比人工描绘更精确的图像。其实，要探究摄影的源头，西方绘画追求真实、精确描绘自然的方法，理应是摄影术发明的一个重要成因。有人称"暗箱"是照相机的直系祖先。

有趣的是，当今画家中喜爱摄影的居多，照相机——这个现代"暗箱"依然是他们重要的辅助工具。因为无论是早期的"暗箱"，还是现代的照相机，都为画家们提供了足以精确描绘的平面图像的可靠依据。难怪意大利科学家波尔塔在《自然的魔力》一书中说，"这是一种非常简单的绘画方法，通过暗室小孔把影像反射到对面放纸的画板上，用铅笔画出影像轮廓，再按照影像原来的样子着色，就会得到一幅非常逼真的绘画"。不错，方法简单、图像逼真，正是"暗箱"的重要特点。

《自然的魔力》成书于1558年，这是一本最早完整记载"暗箱"使用的书，也是阐述"暗箱"光学成像原理的经典之作。就在这个时期，镜头和光圈的应用研究取得突破，使人们从"暗箱"中看到的图像更加清晰，更加精确。1594年，德国天文学家开普勒将"暗箱"用于了地形测量和制图。

暗箱的光学成像原理奠定了照相机精确成像的基础，使摄影工具有了一种特有的表现力，同时也被人们称为摄影记录特有的揭示能力。它使人们看到精确、细腻的影像，随着当代高科技的发展，由照相所表现出来的这种精细的品质自然成了摄影作品特殊的意味。

在照相术发明之后，一批有识之士就强烈地意识到照相机记录可见影像的精确性，人们称赞照相机所拍下的每一个细节的"数学般的准确性"和"难以想象的精确性"，人们追求用快照来传达"最细微和稍纵即逝的面部表情"。这种由机械带来的效果，成了摄影艺术的基础，它给人们带来了绘画艺术从未有过的热情和亲切，带来了绘画所难以超越的逼真感。以至在古典绘画中"以假乱真"的描绘，反而被认为是"同照相一样"的精细，因为在人们的心目中，由科学技术得到的精细是任何人工描绘所无法企及的，摄影的这种记录效果也就因此成了自己的特色。我称这种照相机特有的精确性为摄影的"细节效果"。

摄影的细节效果一方面显示了被摄对象精确的时空属性，传达了被摄对象精确的质地和质感。另一方面表达了摄影记录特有的客观性，人们相信"照相"，认为只有"照相"才可信，因此，摄影的细节效果显示了一种特殊意义，人们把凡是精确和细腻到家的表现都认为是摄影。

从人类的视觉效果来看，摄影的细节效果正是对人类视觉的一大补充，尽管人眼的视野宽广，但是清晰的直视范围都很小，相反，照相机镜头的视野有限，但在有限的视野内可以在人眼视觉的可辨别范围内，显示全面的清晰度。比如我们用眼睛看一个大约 60° 视角的景物，好像都清楚，其实都需要在人眼 1.5° 左右可清晰的直视范围内逐段"扫描"，而照相机用标准镜头就可以一次性地在底片上清晰成像，成像后的照片就等于把近 60° 的视角内的人眼逐段"扫描"的景物定格了，这样用眼睛直接看景物和用眼睛看同一景物的照片的效果截然不同，这正是应用摄影细节效果的特殊作用。

事实上，运用摄影的细节效果补充扩展了人眼的视觉功能，也因此出现了视觉艺术的高低和差别。这一高低和差别就最终体现在被摄对象选择上。因为，尽管人眼可"扫描"范围的景物都可以摄入镜头，但并不是所有人眼可视范围内的景物的记录都是一张好的照片，因此照相机的特殊视角也成了运用摄影细节效果又一重要方面。

总之，随着摄影工具的发展，高速摄影、显微摄影、红外摄影正继续扩大着人类的视野，人们可以在异乎寻常的角度里，得到了前所未有的精细影像，可以通过摄影工具的"细节效果"，寻找"用最好的方式来说明事实"。如今，精细的影像，特殊视角的画面都会使人们感到一种"摄影味道"。

虚动的真实 ——回首印象派摄影的兴起

谈到摄影的"虚动"，不能不提摄影史上的一位重量级人物——自然主义摄影的倡导者、英国摄影家彼得·亨利·爱默森。他倡导崇尚自然感受、在自然环境中发掘题材、用写实手法表现自然美的自然主义摄影，一反"高艺术摄影"模仿绘画的矫揉造

作，曾为摄影带来了一股写实主义的清新之风。他于 1889 年发表的艺术论文集《自然主义摄影》也成了摄影史上的经典之作。

但当初的爱默森万万没有想到，他所提出的"焦点视觉理论"却为印象派摄影——一个新的画意摄影流派的兴起提供了理论依据。他的"焦点视觉理论"认为，人眼的视觉边界是不确定的，人在注视某一景物时，除了中心部分清晰外，其余部分都相对模糊。为了达到人眼的视觉再现，焦点不必对得太准，在不破坏被摄对象自然状态的情况下，影像可以适当模糊。他的这一理论竟被极端夸大到软化焦点、虚化焦点甚至没有焦点的地步，连他自己都难以置信，致使他于 1891 年出版了《自然主义摄影的灭亡》一书，最终放弃了自然主义摄影的观点。历史让自然主义摄影的倡导者爱默森用他自己的理论，指导了又一轮实际上违背自然主义原旨的画意运动——印象派摄影。印象派摄影追求虚焦、模糊、柔化、朦胧的画意效果，在爱默森"焦点视觉理论"的影响下走向了极致。大概还有一点是爱默森所没有想到的，正是"焦点视觉理论"的视觉有限清晰，使摄影艺术有了有意虚化的表现手法，成了探索摄

黄河壶口　侯慧琴 摄

影"正常虚像"的开始。

　　应该说"视觉有限清晰"，实际上是人眼视觉本来面目的反映。我们知道，人眼的直视景物和照相机摄取的景物都是通过自身的镜头（人眼的晶状体和照相机的镜头），由它们各自的光敏层（视网膜和胶片）接受景物的光线予以成像的。但是眼睛和照相机对景物的观察方式却并不相同。我们眼睛的视野较宽，能达到大约 240° 左右的广角范围，而照相机的视影因镜头而异，标准镜头在 45° ～ 60° 视影范围内，广角镜头可达到 80° ～ 100° ，一般情况下，视角在 100° 以上的超广角镜头在实际拍摄中用得并不多。问题在于，虽然眼睛的视野范围大，但在这个宽大的视野内，眼睛并不能同时全面清晰地观察全部景物的细部，事实上，眼睛观察景物细部的清晰范围很小，大约 1.5° 左右。人类靠视觉的连续性和大脑记忆功能，才能在一个很短的时间里看清整个景物的细部。而事实上，我们眼睛直视物体只有停留在视觉有限的清晰范围内，才能看到实际的清晰景物，而其他部分全都是模糊的。可以想象，摄影画面的虚动导致的局部清晰，正是人类视觉的实际反映。

　　对运动中的物体，我们也是凭记忆和视觉习惯，仅注意了动体在运动中的某一瞬间姿态，而不注意观察从一个动态到另一个动态的过程，实际上摄影慢门造成的动体的"虚动"状态，也是人眼所观察到的动体的真实状态。

　　摄影画面产生的"虚动"感，打破了习惯视觉中许多稳定不变的印象，揭示了人类视觉的本来面目，适应了人类社会高科技发展的时代特征，形成了与传统绘画截然不同的画面效果，我称其为"虚动效果"。虚动效果是由摄影工具造成的画面影像的模糊感和浮动感。它利用由慢门、景深、暗室加工造成了唯摄影特有的画面效果。

　　自摄影术诞生之始，人们就寄希望于摄影术能记录运动中的物体，但是很长一段时间内因为照相机有限的快门速度，而使人们的愿望无法实现，今天焦平面快门速度已经很高，使过去人们记录动态的愿望得以实现，同时慢门记录动体的特殊效果并已进一步为人们所认识，并加以发展和广泛应用。

　　"虚动效果"在摄影作品中随时可见。无论是艺术作品还是新闻作品，如第 19 页图 A《钢琴家刘诗昆》（陈勃 摄），利用低速快门而使弹钢琴的

手产生了动感；图 B《勇战塌方》（天津某部队支柱 摄）则同时利用大景深和低速快门表现了处于前景中队员的运动感。试想，如果在同样的拍摄条件下，弹奏的手势被快门清晰地"凝固"了，抢救队员们被大景深、高速度表现得十分清晰，那么我们就会感到照片缺了点什么，所缺少的是动静、虚实对比的生气，也就是被摄对象在特定条件和状态下，由"虚动效果"所带来的"摄影意味"。

同样，当我们欣赏一幅拍摄精到的瀑布风光作品和另一幅利用慢门拍摄的瀑布风光作品时，我们会感到前者的精细是摄影的本色味道，而后者的浮动感更带摄影技艺的独特味道，尽管后者更有画意。我们并不认为一幅有画意的摄影作品就不是好作品，问题在于寻求什么是摄影意味及它的成因？比较上述摄影习作和作品，不难看出，这种有着摄影意味的画面正是影像的精细和虚动所造成的特殊效果。

"虚"的说法和用法在造型艺术中并不陌生，绘画艺术就十分重视画面虚实相间的布局，"大抵实处之妙，皆因虚处而生，故十分之三在天地布置

得宜，十分之七在云烟断锁"（蔡和《学画杂论》）。我国绘画对布白尤其讲究，但很明显，绘画的"虚实"是画画布局的疏密，所谓"密不透风，疏可行舟"，即密则实，而疏则虚。画论中的"虚"是画面整体构图的"空白"；而且摄影手段营造的"虚"是具体影像实实在在的模糊感，这种画面效果，在传统绘画艺术中是难以表现的。

在西方绘画艺术中，长期遵守依靠视觉，观察自然、学习自然和反映自然的传统经验，他们也利用透视和色彩的变化，似乎也着力于一种所谓"虚实"的对比，但是依然是一种整体性松紧、疏密的感觉，而不是具体形象的模糊。虽然西方绘画在近代曾不断受到"现代思潮"的冲击，但是不管是古典派还是现代派，由于绘画工具的局限性，都难以达到像摄影一般的"虚动效果"。

在 20 世纪绘画抽象表现主义之后，西方曾出现了用摄影记录的表观形式来代替绘画的思潮和尝试，画面上也因此出现了同摄影一样的模糊形象，于是"绘画的疆界不再明确了，它不再是一些难忘的视觉形象

的唯一提供者。在绘画领域中，许多作品都不用画布，而是来自某些活动的摄影记录"（《现代绘画简史》[英]赫伯特·黑德著）。然而，类似的艺术尝试不得不戴上"摄影写实主义"或"照相写实主义"的桂冠，因为其画面表现的是摄影效果，而不是绘画效果。

不必要的完美——追求身临其境的感受

今天，人们已经渐渐习惯被摄画面中偶然有一两个人看着镜头的情况；也习惯于在不完整的前景中看到画面的主体。好像只有这样才显得更真实，是自然状态，是现场捕捉的，才觉得有点摄影的味道。人们不再追求所谓的完美，而是追求身临其境的感受——一种不必要的完美。我称其为"纪实效果"，这是在纪实摄影、新闻摄影发展过程中所逐步形成的一种摄影效果。这种效果恪守客观记录所带来的现场效果和造型处理，它以非传统的观察方式，在画面上表现出不同于传统绘画构图的"不完整性"。

长时间来，摄影的完美一直是一种构图的理想化，而摄影构图的"理想化"一直带着"美术原则"的框框。我们常常无法从根本上摆脱这种束缚，只能在框框中游戈，而摄影的"不完整性"则是要求摄影构图具有自己的特色，即自己的理想化——尊重客观纪实，大胆冲破美术带来的构图禁锢。

人们对纪实效果的认识可以追溯到19世纪末叶，也就是前面讲到爱默森提出的"摄影是写实艺术"观点的前后。尽管人们一直把爱默森的观点作为摄影美学原则的一支来加以研究，然而"写实艺术"的提出却是"纪实效果"的发端。摄影"纪实效果"要求以客观的观察方式，表现出不同于传统艺术的画面结构，强调事件的社会性，强调事件本身所要传达的内容和思想，而不拘形式。摄影家们却早就注意到了这种所谓的不完美、不完整和不拘形式所产生的形式——自然的形式（繁乱，虚动，不强求方向性和无意考虑光线所表现出来的强烈的画面随意感）。人们在实践中不断认识这种由记录意识而产生的摄影特殊的画面效果。

"纪实效果"强调画面表现在构图上的非传统方式，往往在平衡、对比、方向的破坏中取得更为令人信服和逼真的现场感；

"纪实效果"可运用"虚动效果"，表现出流动的时空，从而获得自然流畅的生活真实；

"纪实效果"注重闹中见功夫，力求在繁乱的画面中营造强烈的现场气氛；

"纪实效果"强调画面的随意性，力求让人们感到是未经修饰的自然结构。

"纪实效果"往往给摄影出奇不意地带来了自然、逼真、亲切的艺术魅力。今天我们常常见到艺术摄影运用不完整的结构处理作为画面的前景或背景，有意营造画面中前景、背景乃至主体的大面积虚动感。也如前所述，有意识地不去介意画面中的某人在看镜头，等等，这些都是"纪实效果"在艺术摄影中的实际运用。

可见，摄影的"纪实效果"着力打破传统的美术原则，突破传统绘画中构图上的完整、构思上的精细和表现上的理想化，更彰显自己的特色——那就是不加修饰，更加自然。

摄影就是摄影。今天，摄影的纪实效果事实上已经成了人们感受摄影作品自身"意味"的起点，成了人们评价摄影作用的第一个门径，在摄影主题确定之后，纪实效果越强烈，作品的摄影意味就越浓，作品的感受力也就越强。也就是说作品的纪实效果越强烈，那么摄影艺术的个性表现就越明显，摄影作品的艺术价值也体现得越充分。正如本·克莱门茨和大卫·罗森菲尔德在《摄影构图学》一书中所指出的那样"任何一种艺术。如果它自觉或不自觉地模仿其他艺术的话，那它就是否定了自己作为一种艺术的价值"。"许多艺术家过分致力于发展他们的艺术手段，而完全忽略了艺术的最终结果——这就是艺术的表现力，它才是艺术的真正作用"。■

清晰和模糊的博弈

——摄影的独特表现

从"实"出发——一个有史以来的愿望

　　把照片拍清楚，即把人像、景物拍实，这应该是摄影最起码的要求。这对有了自动聚焦、自动高速快门、高感光材料的今天来说，即便是面对高速动体、在光线不太好的条件下，摄影都是件十分简单的事了。但是在一个半世纪之前，就是在阳光下要把静物、人像拍摄清晰，也不是一件容易的事情。

　　1839 年，达盖尔摄影法的曝光时间需长达半小时。威廉·亨利·福克斯·塔尔博特在 1852 年 5 月 21 日的一封信中回忆道：

　　"有一次布罗汉姆勋爵肯定地对我说，他为了拍自己的肖像，在太阳底下坐了半个小时，真是从来也没有遭过这么大的罪。"

　　19 世纪 40 年代中期，达盖尔摄影法的曝光时间缩短到了 1 分钟，继而缩短到 10 秒钟，50 年代

摄影术的发明为人们能够看到自己并保留精确、细腻的影像提供了可能。于是，人们不断追求用快照来传达最细微和稍纵即逝的面部表情、形态动作。有了快照才能够拍下清晰的瞬间，"快"是为了"瞬间"，"瞬间"必须"实"。快照以清晰为基础。"快照"能快到什么程度？必须从"实"出发，这是一个无止境的课题。

正是对"快照"的追求，引发了一系列照相技术的突破和进步——快门不断提速、胶片感光度不断提高、镜头口径增大且质量不断改善，从一个长达数小时、半小时的不能称为瞬间的"瞬间"，到了仅有几分之一秒、几十分之一秒、百分之一秒、几百分之一秒，甚至几千分之一秒的瞬间……摄影在快门速度、感光材料性能、镜头口径质量等方面的每一次提高，都意味着向"瞬间"顶峰的一次冲刺，向"瞬间"挑战的一次胜利。一个"快"字，使摄影有了真正的"瞬间"，而"瞬间"记录的成功，首先意味着得到了瞬间的清晰图像。就是通常讲的，照片拍得实，拍得清楚。从"实"出发，从"快"入手，一个为了把瞬间形象拍得清晰的夙愿，人类付出了智慧，也付出了代价。

因此，自有了照相机，大概就有了"别动！拍了！"的说法。别动，就是要把照片拍实，拍清楚。今天，当普通照相机的快门速度都已经在千分之一秒以上了，"别动"的时间已大大缩短，但是这个说法却传承至今，可见自有一番意义。这是一种提醒、配合的方式，是一种拍实、拍好方法，其含义自照相术发明以来几乎没有一点变化。其实"把像拍实，把景拍清楚"，一直是摄影最基本的要求。这个基本要求不仅牵动了一系列的重要技术，又同时牵动了摄影的两个基本概念：一个是准确曝光，另一个是准确聚焦。有趣的是，这两个概念其实就是"虚"与"实"的对立和统一，使我们不得不在清晰和模糊之间选择，在清晰和模糊之间求得平衡。主体必须清晰的观念正在被打破，什么该清晰？什么该模糊？完全在于我们对被摄对象的认识和把握。

初，曝光时间缩短到了以秒计算。1852 年 5 月 31 日在福克斯·塔尔博特给约翰·迪尔温·李维林的信中说：

"请接受随信所附样片，这是有一天汉尼曼和他的助手在 3 秒钟内拍摄的。他有时 1 秒钟就能成功。"

有史以来，人类就希望能够看到自己，"看到自己一切是什么"（黑格尔）并保留自己的影像。

不得已的选择——面对照相机与生俱来的能力

准确曝光是通过照相机使被摄对象在感光片（或CCD）上精确成像，使之呈现反差适中、影纹清晰、影调和色彩还原准确的底片影像。精确成像需要适量的光，照相机则是通过光圈和快门的双重控制使感光片得到适量光线的，照相机一方面通过光圈控制进光量的多少，另一方面则通过快门控制进光量在感光片上的停留时间。从传统照相机到数字照相机，尽管成像系统发生了根本性变化，但是镜头的光圈和快门结构却没有变。

在一定的光线条件下，为了准确曝光，我们可以通过光圈和快门的不同组合，使感光片得到一定量的光。如果选择大光圈，同样可以让光线进得多一点，那么快门速度就可以高一点，让光线停留时间短一点；如果选择小光圈，则光线进得少一点，快门速度就可以低一点，让光线停留时间长一点。可见，任何光线下的准确曝光都是多组不同的光圈

和快门的组合，而不是单一的。于是，我们需要选择。这就是合理曝光的概念。

光圈的大小能够影响景物的清晰度，使用小光圈，则景物的远近清晰范围大；反之，则景物的远近清晰范围小，这就是光圈的景深概念。景物的纵深清晰范围取决于景深的大小——光圈小，景深大；光圈大，景深小。在景深范围内的景物是清晰的，不在景深范围内的景物则是模糊的。

快门速度如果与被摄的运动物体的速度相当（包括采用较低的快门速度追随拍摄），那么被摄的运动物体就可以清晰地拍摄下来；如果快门速度低于被摄动体的速度，那么被拍摄下来的运动物体就是模糊的。

光圈的大小和快门速度的高低，都将直接影响到被摄对象成像的清晰度，也就是成像的虚实。

保持被摄对象中主体的高清晰度是确定合理曝光组合的依据。在一定的光线条件下，尤其在光线

并不充足的情况下，面对运动的物体，我们势必选择较高的快门速度，那么在拍摄距离无法改变时，相应的大光圈就可能使我们丧失纵深的清晰度；如果我们打算保持一定的景深，表现动体所处的环境，那么采用较小的光圈组合，我们可能会使景物中的运动物体无法清晰成像。要么动体清晰，要么景物清晰，我们常常会遇到这样的选择，非此即彼，两者必居其一。在现代照相机中，无论是胶片相机还是数字相机，准确曝光的问题在技术上已经得到了完美解决，但是在实际拍摄时，拍摄者仍然需要在多组准确曝光的组合中选择其一，因为并不是每一组曝光组合都是合理的。比如，拍摄风光，我们可能要尽量选择光圈较小的组合；拍摄运动物体，我们必须选择快门速度较高的组合，等等。面对具体的拍摄对象，我们不仅需要曝光准确，而且需要曝光合理，即符合拍摄对象表现的曝光组合。

准确曝光和合理曝光是两个不同的相关概念，准确曝光组合是多选的，合理曝光组合应该是唯一的。准确曝光针对的是感光片的感光量，而合理曝光针对的是感光片上的主体成像的清晰度。准确曝光有客观标准，合理曝光有主观意图。

显然，拍摄者必须明确主体及其表现，才能够确定合理曝光；明确了主体及其表现才谈得上准确聚焦。从这个意义上讲，准确聚焦是确定合理曝光组合的一个基点。

但是，当今的全自动照相机，却使拍摄者完全失去了选择，这就意味着拍摄者失去了对景物表现的主观创意。

摄影求"实"不求"虚"，似乎是摄影不变的"经典律"。然而摄影正是在人们求"实"的过程中，越来越感受到"虚"像的实际存在和应用。清晰和模糊原来是一对孪生兄弟，同样是摄影表现的重要方法，没有虚，哪有实？模糊与清晰一样对摄影表现有着特别重要的意义。

控制景深的大小

控制照相机的运动　温彦博　摄

控制被摄物体的运动　李少白　摄

游弋在虚实之间——独特的摄影表现

"虚和实"在摄影技术中是对立统一的，应用十分普遍。持稳照相机、准确聚焦是摄影技术的基本技能，因为只有把稳了，对准了，才能够拍"实"。在一个相当长的时期里，人们为取得精确、逼真、细腻的影像作着不懈的努力。不断提高快门速度，从镜间快门到帘布快门；不断提高胶片的感光度，从低速胶片到高速胶片；不断增大镜头口径，从小口径到大口径；不断提高影像质量，不断接近人眼视觉……这一切都是为了使人们可以在任何光线条件下得到拍摄对象清晰的影像。

但是，在被摄对象清晰的同时，必然有模糊影像的出现，比如，大光圈、近距离、长焦距拍摄，在主体清晰的同时必然有模糊的陪体；在追随拍摄动体的时候，运动主体清晰了，背景却模糊了。我们可以让竞技场上的运动员和观众同时清晰；也可以让观众清晰，运动员模糊；或运动员清晰，观众模糊。可以说，清晰和模糊相伴，孰实孰虚，全在拍摄者手中。

"虚影像"有两种：一种是非正常虚影像；另一种是正常虚影像。

一是非正常的虚影像。有三种原因导致虚像：

一是照相机没有拿稳；二是被摄对象移动了；三是聚焦不准。其中前两种情况，都有可能是快门速度过低造成的，比如，一般人双手持稳照相机拍摄的快门速度应该在 1/15 秒以上，低于这个速度就可能拍虚了。选择快门速度要与被摄对象的运动速度相当，比如，拍摄儿童，孩子好动，一般的快门速度以 1/30 秒为宜，现在人们常在家里为孩子拍照，快门速度低于 1/15 秒，影像就虚了。原来照相馆的老师傅用座机拍摄，老式皮腔快门的速度约为 1/8 秒，要在抓住儿童的瞬间动态很不容易，要有技术，还要有功力。

二是正常虚影像。有两种手段可造成正常虚影像：

1. 控制运动速度。所能够控制的不是照相机的运动就是被摄物体的运动。

(1) 控制照相机的运动。采用追随拍摄，就是控制照相机运动的方法，我们可以手持照相机追随运动物体拍摄，也可以乘坐与动体同步运动的车辆拍摄，实质上都是因为照相机的运动使相对静态的景物形成虚影像。

(2) 控制被摄物体的运动。采用适当的低速快门是控制被摄物体的运动状态的方法。用低于运动物体的快门速度，使原本高速运动的物体形成虚影像，营造动感。

2. 控制景深大小。采用大光圈、近距离、长焦镜头，通过控制相应的景深范围，将主体周围的景物置于景深之外，形成虚影像。

其实，无论是正常还是非正常虚像都是通过快门速度的高低和景深大小造成的，只是非正常虚像是不应该虚的却虚了，而正常虚像是按照拍摄者的意图形成的虚像。方法看似并不复杂，但实际运用需要掌握一定的技巧，积累一定的经验。特别要注意处理好物体动和静的关系，把握虚动的程度。

处理动静关系。处理动静关系是指画面主体和陪体之间一种虚实对比关系处理的选择。图A，是主体形象实处理的例子，这是一种常态处理。一般情况下，我们都会考虑到把主体对实，让虚化的陪体来突出主体。图B，则是主体形象虚处理的例子，作为一种非常态处理方法，画面颠倒了主体实和陪体虚的一般定式，使运动主体在虚动状态下，更加强调了主体的运动，突出了主体。显然，处理动静关系，实际上仍是处理主体和陪体的关系，只是我们多了一种可以通过摄影技术的控制手段，利用摄影特有的虚实对比来突出主体的方法。什么该虚？什么不该虚？最终仍取决于拍摄者对被摄对象的认识和理解。因此说，动静关系的处理属于艺术处理的范畴。

把握虚动程度，是指被虚化处理的物体的模糊程度，是被摄物体动静关系在画面的直接反映。一般情况下，运动主体的定格处理，快门速度必须选择得当，对焦准确，如果处理不当，主体就可能虚了。同样，运动主体的虚化处理，我们也必须选择适当的快门速度，聚焦在需要实处理的物体上。为了虚化运动主体，拍摄速度一般要比主体的运动速度低一些，然而低到什么程度，需要依靠经验和直觉，依靠熟练的技术。如果快门速度过低，会虚成一片，快门速度与动体相当，可能会失去虚动的感觉。再如，使用同一焦距的镜头，在什么样的摄距和光圈条件下的景深画面的虚实效果最好，都需要拍摄技术的训练和经验的积累。很明显，与处理动静关系不同，把握虚动程度的处理是技术处理。

对比是摄影视觉语言表述的重要方式，虚实对比是摄影特有的表现方式，与绘画艺术的疏密、布白和虚化有质的区别。因此，用摄影方法营造的虚实影像的对比，无疑为摄影艺术提供了特有的表现空间。正是这种摄影表现的特殊性，需要我们对虚实对比有更加深刻的认识，有意识地运用景深控制、快门控制，以及景深和快门双向控制等方法来加强虚实对比，这样才能在摄影技术上不断创新，创作出富有视觉冲击力的作品来。■

圣洁国度
巴基斯坦

■ 巴基斯坦和中国一样，有着悠久的历史和灿烂的文明。走进这个与中国山水相连的友好邻邦，你一定会沉醉在这片"圣洁土地"的独特风韵和别致风情里……

Bilal Haque 摄

巴基斯坦的灵魂

———— 拉合尔

位于巴基斯坦旁遮普平原拉维河西岸的拉合尔是一座具有 2000 年历史的古老城市。它始建于公元 1 世纪末至 2 世纪初。公元 7 世纪，中国高僧玄奘曾在其著作中详细介绍了他在这座城市访问时的见闻，是历史上关于这座城市的最早记载。公元 11 世纪初期到 12 世纪末期，迦兹纳维王朝曾经定都于此。1525 年至 1707 年，它是莫卧儿王朝的都城。在这期间，兴建了大量金碧辉煌的宫殿、寺院和陵墓等。在英国统治时期，又兴建了一批哥特式、维多利亚式的建筑，这些风格迥异的建筑同历史古建筑互为衬托，相映成趣。

漫步拉合尔市区，到处都是高大的热带树木，举目便见如茵的芳草，欧式房屋和民族形式的建筑参差错落，掩映在绿树繁花丛中，犹如一座美丽的大花园，故有"花园城市"、"庭园之都"的美称。

这座古老的历史名城，拥有丰富多彩的文物古迹。位于城区东北部的拉合尔古堡和夏利玛花园被誉为巴基斯坦历史上沙·贾汗皇帝时期莫卧儿王朝灿烂文明的杰出代表，1981 年被联合国教科文组织列入世界文化与自然遗产保护名录。

拉合尔古堡始建于公元 1021 年的迦兹纳维王朝时期，当时只是一座用泥土筑成的军事要塞。公元 1566 年，莫卧儿王朝强盛时期的阿克巴大帝为了抵抗外敌入侵，在拆除旧城后修建了高墙环绕的砖石结构堡垒。随着拉合尔逐渐成为南亚次大陆上的商业中心和夏都，历代莫卧儿王朝的皇帝不断在古堡内增修、扩建了花园、喷泉和宫殿，使得原本只具有军事功能的古堡成为一座金碧辉煌的皇家宫苑。

在 17 世纪莫卧尔王朝第五代君主沙·贾汗统治时期，拉合尔古堡进入了最辉煌的时代。在王室的命令下，工匠们将古堡原先红砂岩结构的城墙改为白色的大理石，并在城墙上修建望楼、碉堡。古老的清真寺四壁也被装饰了用彩色大理石镶嵌的阿拉伯和波斯图案，不但使古堡显得更加坚固壮观，也使其成为巴基斯坦唯一一组完整反映从迦兹纳维王朝到莫卧儿王朝数百年建筑史的建筑群。

经过改建的拉合尔古堡呈长方形，东西长 480 米，南北宽 330 米，城内共有 21 座建筑物。城堡正中部位有一座由 40 根圆柱撑起的宫殿，人们称之为"四十柱厅"，乃皇帝的"办公室"兼"书房"。从这个皇帝办公的中枢机关走出，便可登上一座至今保存完好的大理石朝观台，台子前后两端分别是一个小广场和一个设于水池中间的小舞台。当皇帝面向广场的一侧而坐时，可以检阅下面军队的操练演习，或者接见跪拜的臣民并亲自审理案件；若转身朝向舞台一侧时，则可欣赏水池里歌伎舞娘的曼妙表演，真可谓军国大事与怡情悦性两不耽搁。城堡中原本有一座画廊，石柱上嵌刻着彩石构成的绘画，记录了皇家歌舞、狩猎、斗骆驼和打马球等宫廷的娱乐生活，人物逼真生动，技艺精湛绝伦，表现出巴基斯坦古代艺匠高超的艺术水平，遗憾的是经过 300 多年的风吹雨淋，画廊的光华早已不复存在，今天的游人只能面对沧桑石柱发思古之幽情。

拉合尔大清真寺是当地重要的标志性建筑,当时我围着它转了一整圈,竟没有找到一个合适的全景机位,所以拍摄的大部分是清真寺的局部画面,十分遗憾。

这座清真寺规模宏大,周围的环境十分宽阔,在它的四周很难再找到大小对比的参照物。无论采用什么光线,只有抓住活动的人物与建筑作对比,才有大小的对比和影调的对比。这对增强建筑的体量感,增强画面的生气,平衡画面,都能够起到明显的作用。

摄影笔记

旅游摄影小品

由于画面中人物与建筑的大小对比，增强了建筑的体量在画面上的视觉感受，显出了大清真寺建筑恢弘的气势。

摄影手记

　　镜宫是保存较为完好的一座宏伟壮观的著名建筑，是莫卧儿王朝时王后的居住地方。镜宫装饰极为华丽，称得上是当时的登峰造极之作。硕大的拱形屋顶上，镶满了宝石和玻璃珠子，在阳光、月光或灯光照耀下，呈现五彩缤纷的光芒，奇妙无比。

　　与古堡遥遥相对的，便是巴德夏希清真寺，又称作皇家清真寺，是巴基斯坦最大的清真寺之一。皇家清真寺是按奥朗则布的命令于 1674 年建成的，耗资 50 万卢比。其外形仿照麦加的阿尔瓦利德清真寺，庄严肃穆，巍峨宏大，是后期莫卧尔建筑艺术的一个优秀范例。160 米见方的大广场，可同时容纳 10 万人祷告。礼拜堂顶上，3 只巨大的银球在阳光下光芒四射。礼拜堂内顶上镂刻着各种美丽花纹和涂上金粉的古兰经，显示出浓郁的波斯和莫卧儿风格。

　　值得一提的是，在清真寺的左前方，安葬着哲学诗人阿拉玛·伊克巴尔（ALLAMA IQBAL）。是他

最早提出了独立的巴基斯坦的理念，奶油色大理石墓上永远铺满着红色的玫瑰。对此，你也就不难理解巴基斯坦的那句古语："如果想了解巴基斯坦，就请你来摸摸拉合尔的脉搏。"这座历史悠久的名城不但为巴基斯坦民族独立作出了突出贡献，如今发展成为巴基斯坦现代工业的重要基地和全国第二大城市。由此可见，这句古语不但浓缩了巴基斯坦绚丽多彩的文化和源远流长的历史，也昭示着巴基斯坦蓬勃发展的光明未来。■

旅游摄影小品

　　顺光景物，往往空间感比较弱。利用影调深暗的前景，不仅能明显增强景物的空间感，还有说明主体和环境的作用。透过富有伊斯兰特色的大门以及前往祈祷的人群，可以清晰地看到清真寺前后的空间和规模。

　　剪影式的前景效果，给画面带来了这片圣地的神秘……

　　大清真寺内景。按室内人物的白色着装重点测光，室外过亮的景物和室内过暗的景物完全赖于胶片的感光宽容度，不作细节处理，营造出大清真寺内景的静寂、肃穆的气氛，从而令人产生身临其境的感受。

> 如果想了解巴基斯坦，就请你来摸摸拉合尔的脉搏。

圣洁的现代化魅力

—— 费萨尔清真寺

　　位于伊斯兰堡市区北部的费萨尔清真寺是伊斯兰世界著名的清真寺之一，也是巴基斯坦最大的清真寺和伊斯兰堡的标志性建筑。它是由沙特阿拉伯前国王费萨尔捐资，作为礼物赠送给巴基斯坦人民的，因此得名。这项浩大的工程始于 1976 年，积 10 年之功才得以建成。清真寺四座尖塔高 88 米，占地约 19 万平方米，耗资达 1．3 亿沙特里亚尔。

　　白色的清真寺坐落在郁郁葱葱的红花与绿树之中，显得分外肃穆、庄严。清真寺由一个八面形的主礼拜厅和四根高耸入云的锥状立柱组成，气势恢弘，极富现代气息。这座美丽的清真寺由土耳其著名设计师达罗凯设计，风格独特，巧妙地融入了现代、古代伊斯兰和土耳其建筑的设计理念，可谓大师的杰作。它的外形呈八角形，活像一项巨大的沙漠帐篷，全部用白色大理石砌成。里面则用马赛克装饰，祈祷厅内没有一根柱子，所有重量都由 4 座 88 米 高的宣礼塔（又称拱卫塔）拉起和承受。

　　大殿地面铺着地毯，南北两壁设有放置《古兰经》的巨大书架。大厅中央悬挂着直径达 5 米的土耳其风格的球形吊灯。它由 1000 多个灯泡组成，有好几吨重，晚上看去，灯火通明，绚烂夺日。

　　如今，费萨尔大清真寺成为巴基斯坦伊斯兰信徒的圣地。这座充满了现代气息，同时也保留了所有清真寺最重要元素的宗教建筑物，象征着巴基斯坦尊重传统，又积极面向未来的姿态和信心。■

　　费萨尔清真寺建筑十分壮观，远眺伊斯兰堡，一眼便能看见这幢独特的白色建筑。她成了巴基斯坦首都的标志性建筑之一。

摄影笔记

　　真纳，是巴基斯坦的国父，大概相当于孙中山先生在我们心目中的位置。真纳墓占地面积很大，其作用相当于我们的爱国主义教育基地。真纳墓建得非常雄伟，周围花坛环绕，进入大堂前先要寄存鞋子，就像穆斯林做祷告要换拖鞋一样，由此可见真纳在巴基斯坦人民心目中的位置非同一般，真纳墓也因此成了卡拉奇的标志性建筑之一。

真纳墓前的历史凝重

Destination
Pakistan
2007

  巴基斯坦的国父——穆罕默德·阿里·真纳（Mohammed Ali Jinnah）的巨大寝陵，就修筑在卡拉奇市中心的高地上，被称作国父墓（QUAID-E-AZAMS MAUSOLEUM），又称"真纳墓"。

  真纳是巴基斯坦的创始人和伟大领袖。他把伊斯兰教义和爱国主义、反殖民主义精神结合起来，唤起人民心中对伊斯兰教和国家民族的感情，领导了独立运动。1940年，他领导穆斯林联盟通过了《巴基斯坦决议》，主张在印度东部和西北部穆斯林占多数的地方建立伊斯兰国家。1947年8月，也正是在他不懈的努力和奋斗下，领导千千万万穆斯林争取了独立，结束了英国在印度近200年的殖民统治。建国后，真纳任巴基斯坦自治领的首任总督。

  不幸的是，1948年9月11日，操劳过度的真纳便病逝于卡拉奇。为了永远纪念他们的国父，巴基斯坦政府根据人民的意愿，花了20多年的时间，终于在1970年，建成了这座宏伟的寝陵，以此表达他们对真纳的敬重和爱戴之情。

  从远处看，用白色大理石砌成的圆顶陵墓，坐落在一个清新幽静的大公园里。到处是绿油油的草坪和鲜艳欲滴的花果以及漂亮的棕榈树，还有一排排漂亮的喷泉点缀其中。每逢节假日，巴基斯坦民众都会来此一边表达他们对国父的深切怀念之情，一边在公园里悠闲快乐地散步、谈笑、嬉耍、休息，好像就在慈祥的父亲身旁一般放松。

  从近处瞧，真纳墓巍然耸立，气势雄浑，需仰视才能望见寝陵的拱形圆顶。陵墓的下方是用洁白如玉的大理石砌成的四方形大台基，四面均有数十层石阶，可直达寝陵。台阶上的主体建筑也是用银光闪闪的大理石砌成。寝陵正上方是伊斯兰传统风格的圆顶，整座陵墓通体洁白，恰如一座巨大的玉山雕凿而成，夜晚在月色的辉映下晶莹透剔，堪称当代巴基斯坦建筑中的一大奇迹。

  按照规定，进入墓宫的游客，必须脱掉鞋子和袜子，赤脚走上巨大的白色平台，以示对真纳的敬重。当然，外国人也无一例外。墓宫内有8名持枪站岗的士兵，姿式挺拔，表情肃穆。每隔5分钟，士兵们都迈着正步，互相交换位置。

  墓宫的中央有一座长方形的大理石石棺，许多游客怀着崇敬的心情，默立在大理石筑成的墓台前面，为巴基斯坦独立运动的伟大先驱祈祷。需要说明的是，按照穆斯林的习俗，真纳的遗体早已长眠于深深的地下，所以石棺只是象征性的。

  我们到达的那天正值中午，在侧顶光下拍摄了真纳墓的正面和侧面的全景及背面的局部。拍摄白色物体，要按照白色物体测光，如果按暗景物测光，白色物体就会曝光过度而失去层次。（对页图）

摄影笔记

采用了正面中心构图，通过平稳的视觉感受，表现出真纳墓建筑的雄伟和凝重。

　　值得一提的是，墓宫正中高悬的一盏巨大镏金吊灯，是由周恩来总理代表中国人民赠送的。据说，当时有不少国家争着为其提供金灯，可巴基斯坦则选择到中国定做。周总理亲自指示将其赠送给巴基斯坦人民。按当时币值计算，这盏金灯价值人民币 25 万元。

　　在寝陵的后面，还有一个巨大的石厅。这里也摆放着许多象征性的石棺，据导游介绍，这里长眠着真纳最亲密的战友——巴基斯坦的开国元勋们。生前他们追随真纳，为巴基斯坦的独立贡献了自己毕生的精力；死后他们仍和真纳长眠在一起，共享着巴基斯坦人民深切的敬意。

" 真纳是巴基斯坦人民的旗帜，也是一位许多伊斯兰国家和其他国家人民所尊敬的伟大人物。"

　　真纳是巴基斯坦人民的旗帜，也是一位许多伊斯兰国家和其他国家人民所尊敬的伟大人物。一般来巴访问的外国领导人，都要前来瞻仰真纳墓。而在巴基斯坦本土，每逢真纳的逝世日，全国都会放假一天，政府和军队的要人也都到真纳墓去祷告。那一天，全国还下半旗致哀，以此纪念这位为巴基斯坦独立作出杰出贡物的伟大人物。■

　　真纳的白色石棺上雕凿着精致的花饰，四周有两层护栏，周围有士兵守卫着，走进大厅便有肃然起敬之感。这里的照片全部采用室内自然光拍摄，冷色的基调增添了庄重肃穆的感觉。

摄影笔记

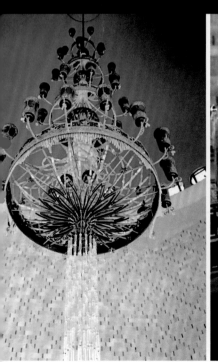

Quanjing

伊斯兰情韵

—————— 夏利玛花园

夏利玛花园（SHALIMAR）位于拉合尔城东3公里处，是1642年由沙·贾汗大帝下令修建的，是一座建筑典雅、环境迷人的王室娱乐场所和行宫御园。花园占地42公顷，园内巧妙地汇集了自然界不同风格的景观，是世界上罕见的伊斯兰庭园之一。

夏利玛花园采用波斯园林建筑形式，呈长方形，分高低三层，四周有高墙环绕。园内用大理石和红砂岩修筑的亭台和避暑行宫华丽典雅，林荫曲径通幽，瀑布喷泉交错，湖区碧波粼粼，绿草红花遍布，景色美丽迷人。尤其是园内湖泊分三级依次下降，站在高处俯视，似江河倾泻，站在低处仰望，如瀑布高悬。入夜，湖心大理石瀑布间盏盏明灯闪烁，湖面金光点点，充满神奇色彩。这个大理石砌成的溅玉飞珠的瀑布和自湖面涌起的400多柱吐翠泻玉的喷泉，构成一幅风景奇丽的图画。每年3月，这里都会举行盛大的灯节。值得一提的是，在这座古木苍翠、鲜花盛开的美丽古花园里，曾举行过盛大的宴会，欢迎到访的胡锦涛主席。

大概是受地域、气候条件及本土文化影响，伊斯兰园林大多呈现为独特的建筑中庭形式，也因如此，在世界园林史上，伊斯兰传统园林可谓最为沉静而内敛的庭园。在这里，你可以把它想象成尘世中的天堂，而实事上，当年沙·贾汗下令设计建造园林的目的，就是要为他和他的爱人，在这个地球上打造一个美丽的天国。

SHALIMAR是梵文的音译，原意为爱的神殿。当年，这座美丽的花园正是莫卧儿王朝大帝沙·贾汗为了讨好他宠爱的妃子泰姬所建。在这里，他与泰姬携手漫步，倾诉爱意，从他深深迷恋的女人眼中，他发现了另一个更美丽的世界。因此，他就把这座留下俩人足迹的花园命名为SHALIMAR，一个听起来令人怦然心动的名字。

也许这个名字太过动听，也许这个故事太过美丽，SHALIMAR后来成为许多美丽花园的代名词，并以此象征着浪漫的爱情故事。香水大师JACQUES GUERLAIN在这个美丽传说中找到了灵感，并因此创制出以SHALIMAR命名的香水，成为香水世家娇兰（GUERLAIN）的最著名香水之一。这瓶诞生于爱情之中的香水，有着十分神秘的东方气息的芬香，散发着野性、性感与成熟的香息，带给人难以抗拒的魅力，体现着永恒的浪漫。SHALIMAR品牌香水的中文译名是"一千零一夜"，对中国人而言，仅这个名字就能激起对伊斯兰世界美妙的想象。■

　　影调透视和线条透视的感觉往往是共存的，只是由于光线的变化，时而影调透视强烈，时而线条透视强烈。在薄云遮日的情况下，既利用景物的线条透视，同时又利用前景来增强影调透视，常常能够使画面产生比立体视觉更强烈的透视效果。

摄影手记

受地域、气候条件及本土文化影响，伊斯兰园林大多呈现为独特的建筑中庭形式，也因如此，在世界园林史上，伊斯兰传统园林可谓最为沉静而内敛的庭园。

旅游摄影小品

■ 沙马拉王宫属于世界文化遗产，宫殿好像有被战乱毁损的痕迹，不过从庭院的规模来看，可以想象出当时王朝的辉煌。王宫大约分三个院子，人造园林，环境舒适，如今有很多人在里边乘凉消暑。

■ 这里的庭园空旷，前景的利用对画面构成的作用也比较明显，顺光下利用庭园里的树木作前景，既增加了画面的色彩，交代了庭园环境，也增添了作品的美感（下图）。

■ 被摄对象精细的质感表现，能够使画面产生强烈的视觉印象。沙马拉王宫的大门关闭着，强烈的质感却在视觉上开启了一座历史悠远的宫殿（对页图）。

摄影笔记

令人感动的风景

—————— 巴基斯坦北部景区

在大多数人的心目中，巴基斯坦的地貌环境极其单一。其实，位于南亚次大陆西北部的巴基斯坦是一个生态环境极其复杂的国家。在这片面积达 79.6 万平方千米的土地上，不仅有阿拉伯海沿海的红树林，还有喜马拉雅山西麓、兴都库什山和喀刺昆仑山脉区域。另外，它的南部濒临阿拉伯海，拥有长达 980 千米的海岸线，因此地貌变化极其丰富。那条源自中国的印度河进入巴境后，自北向南，浩浩荡荡，长驱 2300 千米，滋润着这片圣洁的土地。

巴基斯坦全境的五分之三为山区和丘陵，南部沿海一带则是不毛的荒漠，向北伸展则是连绵的高原牧场和肥田沃土。喜玛拉雅山、喀喇昆仑山和兴都库什山这三条世界上有名的大山脉都在巴基斯坦西北部汇聚，形成了奇特雄伟的自然景观。因此，巴基斯坦的风景区，便主要集中在西北边境省北部的几个山谷。它东距白沙瓦 365 千米，其北、南、西与阿富汗交界。山谷长 320 多千米。逶迤连绵的兴都库什山脉，蜿蜒崎岖的河谷，美丽的硫化喷泉以及山坡上硕果满枝的果园，在如洗的蓝天、洁白的云朵映衬下，构成一幅幅壮美的天然画卷。 这里也是巴基斯坦的重要旅游区。每年都有大量来自世界各地的游客，来此欣赏雪峰和冰川奇景，还有一些旅行者，骑着自行车或摩托车，甚至徒步沿着喀喇公路旅行。而这里优越的地理环境和那些著名的山峰，吸引了世界各地的登山运动员来此攀登。

地处吉尔吉特盆地的吉尔吉特，地势平坦，面积宽广。在万山耸峙的北部地区，尤显珍贵。因此，它自古以来就是北部地区的经济中心和交通枢纽，也是多种文化的交汇处，同时还是中巴边境贸易的集散地。这里商业发达，市井繁荣，是来北部旅行游客的必经之地。

位于吉德拉尔河畔的吉德拉尔市，市内沙希·马吉德大清真寺高耸的塔顶，在远处 7000 多米高的奇特拉尔山峰陪衬下，越发显现神秘的宗教色彩。而距吉德拉尔北 45 千米处，则有海拔 1869 米的硫化热水涌泉，据说对治疗皮肤病、痛风、风湿和慢性头痛都有奇效。而高达 7787 米的特里奇米尔峰和伊斯托尔那、纽夏克等山峰，则是登山和狩猎的理想场所。

生活在罕萨河中下游两岸台地的罕萨人，勤劳能干，他们在山上开辟出层层梯田，然后引来雪山融水灌溉，在崇山峻岭间，营造出一片片生机勃勃的绿色田园。这里以种植水果闻名，如桃、李、杏、葡萄、樱桃等，应有尽有，可谓名副其实的水果之乡。罕萨人又以长寿著名。除却生活规律简朴、勤于劳动的原因外，自然也与这里新鲜的空气、富含矿物质的山泉以及美丽的环境有关。在罕萨，海拔 7800 米的拉卡波希雪峰最值一观。

位于印度河左岸谷地的斯卡杜，是巴尔蒂斯坦的首府。这里有两个著名的高山湖泊——格久拉湖和萨德巴拉湖。这里的自然风光十分迤逦。湖泊水质清澈，周围群峰耸峙，山坡上一年四季都覆盖着郁郁葱葱的松林，一派湖光山色，完全可以入画。

在巴基斯坦北部的每一处谷地旅行，你都会有难忘的记忆、愉悦的体验和惊喜的收获。■

Bilal Haque 摄

赵俏摄

赵 俏 摄

赵 俏 摄

赵 俏 摄

　　正午时分，顺光下的山川景色，画面色彩较为浓郁。上面三幅图片采取了相近的中心构图形式，将山势交叉的集合点置于画面的中心，使蓝天白云处于画面中心醒目的位置，用构图、用色彩烘托出高山雪原的气候环境。

　　薄云遮日，远方天空虽然显得阴沉，但是近处景物受光均匀，色彩相对饱和，质感表现细腻，这样的光线条件其实很适合拍摄色彩比较丰富的景物。（对页图）

摄影笔记

在风光摄影中，充分利用景物影调和色彩的对比，在画面中选择视觉中心是十分重要的。顺侧光景物中也有明暗的差别、色调的差别，可以充分利用。白色的山峦积雪与覆盖河川的冰雪相呼应，绵延伸展构成视觉中心，与近处的景物相呼应，取得画面的平衡（上图）；顺光下，

Bilal Haque 摄

Bilal Haque 摄

Bilal Haque 摄

Bilal Haque 摄

Bilal Haque 摄

Bilal Haque 摄

Bilal Haque 摄

Bilal Haque 摄

■ 这里峰峦叠嶂，河川蜿蜒，无论什么光效，都具有表现大景色的空间。在摄影造型特征中，空间感的表现对风光摄影的影响较大。于是，需要注意观察顺光景物的线条透视（上图）和侧逆光景物的影调透视（对页上图），这些都能够有助画面空间感的表现。

　　不同光线下，景物的自然节奏，同样能够成为画面的视觉中心，使画面显得简洁而富有生气（对页下图）。

摄影手记

Bilal Haque 摄

活色生香的巴基斯坦市井

　　这个国家还谈不上强盛，也谈不上富足，可经历过几千年历史沧桑，接受过不同文化的洗礼，有着足够的坦然和乐观，拥抱真主赐予他们的现实生活。他们既不怨天，也不尤人，而是秉承祖先的教诲，按照传统的生活轨迹，心满意足地"运行"着。

　　也许缘于历史、地理、文化等各方面因素的影响，巴基斯坦虽是伊斯兰教国家，可深受西方文明的影响，所以相比较而言，要显得"开放"和"开明"许多。在巴基斯坦的大部分城市，街上的普通民众，除却宗教人士，已很少看到缠头的模样，男士大多是留着精心打理的西式短发，多穿着巴基斯坦最流行的"国服"——上身穿淡雅的素色葛米兹（宽松套衫），下身着同色系的西尔伐尔（长裤）。当然，穿西式衬衫、西服、长裤和牛仔裤的也不在少数。巴基斯坦男子还有一个显著的特点，那就是大多留有胡须。因为这是先知的"圣行"，应当效仿。

　　城市街道两旁的小商贩，以卖水果的居多。巴基斯坦水果资源非常丰富，素有东方"水果篮"之称。每年，在首都伊斯兰堡都会举行"全国芒果及夏季水果节"。据统计，巴基斯坦每年出产水果就达 580 万吨。

　　除却水果，巴基斯坦街头最诱人的莫过于一种叫"恰巴蒂"的粗面烙饼。这种用平底锅烙熟，或直接置于天然气火上烤熟，甚至用石头烙熟的面食，是巴基斯坦人的主食，一张热腾腾的恰巴蒂，如果再配上洋葱、胡椒和烤肉，那个味道，岂一个香字了得！

　　如果说吃的要数烙饼正宗，那么喝的就属奶茶地道。巴基斯坦原为英属印度的一部分，因此饮茶带有英国色彩，大多习惯于饮红茶，且普遍爱好牛奶红茶。一般早、中、晚饭后各一次，有的甚至多达 5 次。巴基斯坦喝的茶大多采用茶炊烹煮法。即先将开水壶中水煮沸，然后放上红茶，再煮 3–5 分钟，随即用过滤器滤去茶渣，然后将茶汤注入茶杯，再加上牛奶和糖调匀，然后就可以开怀痛饮了。而在巴基斯坦的每个街头，都有不少这样支着一口大铝锅，专卖奶茶的小店。

　　在巴基斯坦集市上，最令人难忘的莫过于那些"舞蛇"的江湖艺人了。他们是南亚次大陆上一个古老而奇特的群体——蛇人。"蛇人"携带着一种类似中国笛子的独特乐器，用它吹出悠扬的乐曲，蛇就会随着乐声翩翩起舞，为主人赢得收入。据说还有一项绝技表演——让一条毒蛇通过鼻子进入口腔，然后再从嘴里爬出来。不过要想掌握这项绝技，必须从小开始训练，需要艰苦而漫长的过程。"蛇人"的另一个副业是卖蛇药，凡是遭过蛇咬的人，将"蛇人"提供的药粉放在棉布上蘸以蜂蜜或者牛奶，每月在伤口上敷两次便可痊愈。从 20 世纪 70 年代起，巴基斯坦政府在信德省南部专门划出一块保留地，供"蛇人"部落居住，让这个传承了上千年的艺术形式得以延续。

　　在巴基斯坦的街市，店铺最多的要数布店和金店了。每家布店都挂着绣工精美的布匹，这

　　每次走在街头，都有许多生动的眼神和脸庞吸引着我。这次吸引我的不仅是他们的表情、手势和体姿，更主要的是他们的色彩。这位身着灰色长褂的年轻人，在装扮华丽的汽车前显得十分抢眼，令人过目难忘。

摄影笔记

■ 前景的处理有引导主体、增强透视、平衡画面、交代环境、说明主题等作用，在这几幅画面中，各种水果摊的前景处理，对交代环境、说明主体起到了作用。因为天气原因，在比较平淡的光线条件下，前景的适当利用，可明显地增加画面的层次和透视感。

摄影手记

些花花绿绿的布料，多受女士们的青睐。那些刺绣精美的披肩，多是节日庆典或结婚专用的，价格不菲，有的披肩一块就要人民币 1 万元左右。而巴基斯坦妇女对于黄金首饰更是偏爱有加。那些漂亮的金银珠宝，在能工巧匠的精心打造下，更是花样繁多，令人叫绝。

对于美的追求，巴基斯坦人总是精益求精、充满热情。这一点，从集市上小贩摊上的那些明星的宣传画就不难看出。也许对于巴基斯坦的普通民众而言，这些漂亮的女明星们，代表着一种美好的向往，一种幸福的渴望。■

走在街头，为了能够把握人物与环境的关系，我没有用长焦镜头拍摄，距离被摄对象都很近。为接近被摄对象，力求画面全面清晰，在短时间里，既要交代环境，又要突出主体人物，我感到拍摄难度很大，相比之下，采用长焦镜头虚化背景的方法难度要小得多。

赵 俏摄

　　这里的集市大都集中在清真寺的周围，像国内乡镇集市一样，各式地摊竞相叫卖，方式各异。有的在促销表演，有的则守株待兔。尽管与国内的促销手段相比，似乎落后了许多，但是不少产品，特别是传统工艺品，依然很引人。虽然天气阴沉，但是人物的着装与环境依然能够形成色彩上的对比，并不显得过于平淡。

摄影手记

要了解一个国家的真性情，莫过于去观察她的生活与市井百态。

> 巴基斯坦的诸多城市，建筑虽谈不上出色，街道也算不上齐整，可在混乱的热闹中，在拥挤的喧嚣里，满是有声有色、有滋有味、颇具巴基斯坦风味的市井风情。

食品小店很有特色，比地摊明显干净了许多。我感到，这里的人们穿着比较素淡，黑白灰居多，因此比较容易与环境协调。为了强调环境，我都采用标准镜头和小广角镜头拍摄，清晰地再现主体与陪体，如实记录了人物和环境的关系。

摄影手记

迎风微笑的美丽国度

在巴基斯坦旅行，最容易被那些纯净的微笑所感动。

首先是那些挤在镜头前的孩子们。他们纯真的眼神，快乐的表情，往往令人心里涌起一种久违的感动。

比如在乡村抓拍的可爱的小姑娘们，她们仿佛天生就是演员，每个人的眼神都是那样的与众不同。她们年纪虽小，可有自己的世界和判断。对于来访的客人，她们有点好奇，有点羞涩，甚至有着一点不可思议的淡定和从容。她们是见了太多的异国游客，还是沉浸在另一个陌生世界的朦胧想象中？

相比较而言，村里的男孩子就显得活泼而生动。在镜头前争着"耍帅"，积极表现他们的潇洒和英武。在水里嬉戏的村童，在集市打工的童工，在车前留念的学生，一样的是，他们都还是无忧无虑的儿童，不一样的是，他们的人生。只愿在未来，他们都有一个光明的前途。镜头外，那个在池塘里与水牛嬉戏的少年，那些岸边洗涤衣物的村妇，还有对岸怯怯观望的儿童，构成一幅巴基斯坦的田园图画。虽然谈不上有多美丽，却有一种诗意般的静谧，令人动容。

在巴基斯坦最美丽的邂逅，便是巴基斯坦女性的笑容。按照伊斯兰教的规定，巴基斯坦女性服装的最大特点便是一律长衫长裤，并以纱巾、披肩或布尔加掩盖其容貌。女性最常见的服装是下着西尔伐尔，上穿葛米兹或古尔达，再配以一条轻薄柔软、色彩鲜艳的纱巾。走起路来，薄如蝉翼的纱巾和宽绰的衣衫随风飘动，显得婀娜多姿，轻盈飘逸。

这种漂亮的纱巾在乌尔都语中叫"杜柏达"，是妇女装束绝不可少的一部分。它一般长两米多，宽度不一，质地有棉、丝和化纤等多种，花色品种不可胜数。妇女们按照衣服的颜色，选配适当的纱巾。佩戴纱巾的方式多种多样，但最主要的功能还是遮盖头发和胸部。只要一听到呼礼声或诵读《古兰经》的声音，必须立即用纱巾盖住头顶。有客人来访，也须将纱巾拉至前额，盖住头部。

躲在纱巾背后的巴基斯坦姑娘，有着难以言说的美丽。对于镜头外的陌生来客，她们往往报以友善而羞涩的笑容。阳光般的脸庞，绽放着鲜花般的笑靥，和艳丽的纱巾相衬，显示出一种动人的韵致。她们的眼神明朗、大气、从容，充满了一种干净的美丽和高雅的气质，令周围的世界更加精彩。

■ 在实际拍摄中，自己常常被被摄对象特殊的情绪所打动。孩子们给我们拿出了他们的照片，面对我们的照相机，他们既有些不好意思，又想让我们看，羞怯而真挚，特别打动我。户外人像的摄影用光应该把在特定光线条件下的主体人物的表情、行为、情节放在重要位置。我们往往无法选择光线，但可以选择某种光线下的人物。

摄影笔记

　　大人们都很忙，孩子们就显得悠闲得多，他们喜欢成群结伴在一起玩。当我们走近的时候，孩子们各具表情：惊异、害羞、企盼、好奇、镇定，虽然是大中午顶着光，但是他们望着我们，没有离开。看得出来，他们很欢迎我们，也很希望能够给他们照个相。男孩子们就显然少了些羞涩，个个打起精神，摆起架势，让我们拍照。

　　每到一地，只要多呆一会儿，孩子们就会高兴地走上前来，围着我们。天色虽然有些晚了，但是他们的表情依然生动。能够感觉到摄影在这里远没有国内那么普遍，我们的照相机像一块不大的石头，在他们单调的生活中溅起了不小的水花，他们特别兴奋，我们也特别高兴。我突然感受到了人类潜意识中的"想看到自己"的原始情结，这在孩子们中表现得更为明显，这种情结不分民族、不分信仰、不分老幼，是普遍的、强烈的，只是成年人表现得内藏而含蓄，而孩子们表现得外露而自然罢了。

摄影笔记

"在巴基斯坦旅行，最容易被那些纯净的微笑所感动。"

> **在巴基斯坦最美丽的邂逅，便是巴基斯坦女性的笑容。**

■ 这里的人们有一种纯朴的美，黑的，白的，单一的色彩，与丰富的神情、多变的环境，在对比中更加悦目。无论是顺光下明朗的色彩和表情，还是侧逆光中鲜明的轮廓和体姿，都散发着朴素而浓郁的生活气息。生活的色彩有时并不在乎表面，更在于人们的内心世界。

旅游摄影小品

赵 俏 摄

　　■ 侧光人像立体感很强，侧面人像轮廓线条很清晰，一前一后，一黑一白，眼神与手势，飘逸和凝重，传统与现代，在十分强烈的对比中，构筑着多彩的生活。

　　■ 在拍摄实践中，常常会在特定的光线下想到拍摄人像的基本造型原理。原理告诉我们，各种人物在任何光线条件下都有其特定的造型形式，除了抓取表情、体态之外，更重要的是注意处理好人物与背景的关系，比如，明暗对比、色彩对比、质感对比等。目的只有一个，就是突出主体人物。

赵 俏 摄

　　巴基斯坦婚礼给人的印象深刻。与其他一些伊斯兰国家一样，巴基斯坦新娘要在婚礼的前5天进行一次正式的沐浴。沐浴之后，由女性至亲好友为其梳妆打扮，并在手上和脚上染指甲花油。她们还用一种特制的褐色树脂油在手背、手腕和脚背、脚腕上绘出美丽的花纹，来表达自己喜悦的心情。迎亲仪式主要在新娘家举行。仪式上，新郎新娘都要盛装出场。新郎新娘一般会坐在小舞台上用鲜花和树枝编制成的"秋千椅"里，每一位来宾都要走到新人面前呈上自己温馨的祝福。女方的亲戚大多为新郎备了贺礼，城里人一般是送红包，或者干脆直接送现金。农村人依然沿袭着传统风俗，将小额纸币做成圆环，套到新郎的脖子上。如果客人多，新郎的脖子上就会挂满五颜六色的"钱串子"。按照巴基斯坦的风俗习惯，新娘在整个婚礼中即使心里充满喜悦，脸上也必须表现出哀愁的样子，而且愁容越重，越会受到人们的尊重。因为这样是为了表现新娘对自己娘家人恋恋不舍的心情。■

　　■ 室内婚礼场合，没有用闪光灯，而是在室内灯光下将感光度设置在ISO400拍摄的，这样可以避免单灯闪光造成重叠的影子，保持婚礼场合的自然气氛。如果室内光线比较弱的话，可以用闪光灯向房顶闪射，利用闪光灯的反射光增加室内亮度，这也是使用单支闪光灯比较有效的补光方法。

旅游摄影小品

赵 俏 摄

赵 俏 摄

■ 没有雕凿，没有修饰，从人物的动作和表情中透出人物的执著、温情、忍耐与倔强个性，透出被摄对象发自内心的对职业的诚挚和对生活的热爱。用长焦镜头拍摄，通过纵向的虚实透视，使主体人物更加鲜明突出。

瓦迦边境的降旗仪式

印巴边界线，一直是世界的焦点，也是两国政治和军事的敏感点。

国家关系的紧张也必然会在边境上反映出来。而最具戏剧性和爆发力的呈现，莫过于瓦迦边境的降旗仪式。

从拉合尔出发，车行 17 公里，就能见到一座伊斯兰风格、顶部有巴基斯坦国父真纳铜像和悬挂巴基斯坦国旗的门楼。再往前 30 米，是一道绿色的铁门。打开铁门，隔着面前 1 米处的一道白线，相对的是一道金黄色的铁门。过了这道门前行 30 米，就能看见另一座写着泰米尔语和英语"印度"、悬挂着印度国旗的门楼。从这座门楼，再前行 18 公里，就到了印巴公路的另一个端点：印度旁遮普邦首府阿姆利则。这里，便是印巴陆路的一个主要往来通道——瓦迦边境口岸。

每天傍晚，双方的降旗仪式就在一道横跨两国国界线的大铁门前举行。两边的大铁门分别镶着两国的国徽，两扇门之间有一条约两米宽的隔离带，分立两侧的旗杆上，巴基斯坦的新月旗和印度的三色旗就这样在风中傲然对视了 50 年，这样的降旗仪式，双方的仪仗队也在同一地点、同一时间，重复了 50 年。

虽然印巴边界一直是剑拔弩张，不过幸运的是，在这里，"战争"只能通过仪式来体现。于是，看似隆重、紧张的场面，因过于夸张而带上了些诙谐的成分。对于来自世界各地的"观众"而言，也不失为一道独特的旅游景观。印巴双方铁门的两侧，都有各自的看台。据说两国每天都有不少来自其国内其他地方的人前来助威，因此看台上的本国人远多于游客。仪式开始之前，两边的观众鱼贯入场，秩序良好，观看仪式是免费的，不需买票，也不需查看任何证件，入场时就感觉像去看一场免费的球赛。

仪式开始之前，身穿黑色仪仗军服的巴基斯坦仪仗兵和身穿黄色仪仗军服的印度仪仗兵早已做好准备。这些仪仗服都非常亮丽威武，带有非常浓郁的民族特色，特别引人注目的是双方的头饰，如怒放的鸡冠花一般。

降旗仪式在双方嘹亮的号声中拉开了序幕。双方各有 5 名身高在 1.85 米以上的仪仗兵，共同迈着整齐的步伐走进观众的视野。首先，两队的排头兵几乎在同一时间甩头，大吼一声，踏着高抬腿的、显得非常夸张的步伐，气势汹汹地向对方的国门"冲"过去，到了边界线旁，然后一个猛的大力跺脚，突然"刹住"。双方其他仪仗兵也如法炮制，非常卖力，鼓足了劲要把对方的气势压下去，从而将"对抗"表演一次次推向高潮。

在这个过程中，双方观众的情绪被充分调动起来，两边的欢呼声可谓"地动山摇"。这时，巴基斯坦士兵身后，一位身穿绿色国旗服的白胡子老人，突然大喊一声"胜利！"老人身后看台上的巴基斯坦观众跟着齐声应和。这位年近八旬的老人名叫马赫尔，是最虔诚的爱国者，几十年如一日带领巴基斯坦观众喊口号，是他每天必修的功课。他站在巴基斯坦观众的最前面，满头是汗，带头呼喊口号，并把手中的巴基斯坦国旗挥得呼呼有风，指挥着观众一起挥舞手臂、竭声呐喊。与此同时，印度士兵身后的印度观众席里也随之响起"万岁"的口号，以示对自己国家士兵支持和鼓舞。与印度看台上的观众相比，

　　▨ 这是两组边境升降旗仪式的军人照片，顺侧光和逆光各一组，有的拍摄位置并不算理想，但是基本上展现了典型光效下的军人形象。

　　▨ 顺侧光下的军人仪态清晰，服饰色泽明快；用长焦拍摄的景深小，人物突出；群像多用中焦拍摄，景深较大，相比之下不同景深的画面感觉区别明显。顺光的画面效果更倾向于全面揭示被摄的内容，而逆光的画面效果在整体上更倾向于烘托某种气氛，拍摄时这种感觉特别强烈。

■ 在瓦迦边境有两位受人们尊敬的啦啦队长。年长的名叫马赫尔，已经 74 岁了，年轻的名叫夏菲克，30 岁出头。他们每天身穿国旗装，到边境为仪仗兵加油呐喊，维持秩序，因此他俩每天要从住处到边境大约往返 20 公里，20 年来从没间断过。在与凤凰台的同仁拍摄"千禧之旅"纪录片的时候，在傍晚的降旗仪式上见到了两位啦啦队长，我没有多拍仪式的过程，我觉得照相比不过电视，但是，我拍摄了他们在仪式过程中对工作的严肃和认真，记录了被他们所感动的观众。

■ 我分别用广角镜头和标准镜头拍摄了年轻的队长，尽管都把重心放在了人物与环境关系的表现上，但是，一幅是采用俯视角度拍摄，通过主人公与观众的对比和呼应突出主体人物（上图），另一幅是采用平视拍摄，通过色彩与构图突出主体人物（对页图）。可以看出，不同焦距的镜头有不同的画面语言，不同的画面语言则有不同的画面构成方式，于是也就有了不同的记录对象、突出对象和表现对象的方法。

摄影与记

巴基斯坦看台上的观众人数虽然相对少一些，而且女性比例不少。不过他们毫不示弱，多面巴基斯坦国旗在风中挥舞，"巴基斯坦，巴基斯坦"，"胜利，胜利"的口号更是响彻云霄。

伴随着此起彼伏的口号，仪式已渐入高潮。两国士兵们的腿踢得更高了，每一步蹬下去，身上的三尺军刀和步枪都哗哗作响。经过数个回合的比试、跺脚和怒吼，各自的国门轰然一声被拉开。军号声中，巴印国旗这才徐徐落下。双方的军士长都向对方发出一声高吭的长吼，以示敌前叫阵，既是阵前的基本礼仪，也带有些"挑战"的意味。双

方眼睛都不看着对方，似是而非地敬礼、握手后，随即各自转向，昂首挺胸走到离边界线不足半米的各自旗杆旁，降下各自的国旗。

双方对抗性的口号在两位号手开始吹奏"降旗曲"时才停下来。在巴印两国的号手和谐地演奏出同样的音调时，巴印两国观众方安静下来。两面国旗在交叉点上短暂并立之后又分开了，最后降到了两位旗手手中。旗手们将国旗熟练地叠整齐，迈着整齐的步伐护送国旗返回，仪式在高潮中结束，总共耗时20分钟。

这种带有示威性的表演，极大地满足了各

■ 这是在瓦迦边境观看国旗降旗仪式上拍摄的。在穆斯林国家，男女是不能同台观看的，所以在看台的一边是男人的世界，另一边是女人的世界。在巴基斯坦，传统的穆斯林妇女通常身着黑袍，头裹黑巾，只露出双目，不过现在的年轻一代已经有了很大的变化。她们也为降旗仪式上军人的表演而鼓掌叫好，但是比起男士们却温情了许多。

摄影札记

自国家民众的心理需要，也使它成为世界上著名的旅游"风景"，因此每天都有来自世界各地的游客专程前来观看，甚至有旅游大巴载着整车人前来，通常外国游客会被安排在较好的位置。

然而，在表演仪式的背后是铁一般的无情事实。那就是在隔开这两面国旗的巴印边界上，部署着巴陆军总共 22 个师中的 17 个师，印陆军总共 35 个师中的 20 个师。战争的阴影远没有消散，和平的道路还很漫长。此刻，内心多么期望，战争永远只停在"仪式"的较量之上。■

❝ 在这个过程中，双方观众的情绪被充分调动起来，两边的欢呼声可谓'地动山摇'。**❞**

捕捉街头的幸福剪影

从某种程度上讲，一个国家，或者一座城市的发达程度，可以从交通工具上作出判定。从这个角度看，巴基斯坦还谈不上发达和富足。因为街上高级的轿车并不多见，甚至连普通的轿车也是少数，街上奔跑最多的还是摩托车。可以毫不夸张地说，摩托车才是巴基斯坦国内最重要、最普遍的交通运输工具。

于是，在这个国家，城市普通民众的幸福指数自然就与摩托车有关。巴基斯坦民众也十分喜欢这种价格适中、驾驶方便的坐骑。在街头上，常常能看见载着一家大小，风驰电掣的"幸福骑手"。以前，他们喜欢欧美、日本的品牌，如今，中国品牌的摩托车已经走入巴基斯坦的千家万户。据统计，单是"中国轻骑"一个厂家，便已经占领了出租摩托车市场的绝大份额，差不多有10万辆轻骑三轮车奔驰在巴基斯坦城市和乡村的大街小巷。中国产的"轻骑"不仅为普通的巴基斯坦老百姓提供了更多的就业机会，也成为许多低收入家庭的重要谋生工具。据统计，"摩的"驾驶员每天至少可以赚取200卢比的赢利。穆沙拉夫总统曾称赞："这是增加就业、减少贫困的好产品。"

除却交通，最能见证国民幸福指数的大概要算饮食文化了。巴基斯坦的饮食颇具特色，以传统的饮食风味，加上西方餐饮环境，成为一道别具格调的风景。譬如那家叫Village的餐馆。它位于卡拉奇的美丽海滨，在当地非常有名，许多政治界、演艺界的名人都光顾过。因为餐馆的内部装饰全部是古朴的乡村格调，Village也因此得名。餐馆内，还有民间艺人演奏带有强烈巴印色彩的音乐，旋律动听优美，极具异国情调。而餐馆食物则以烧烤为主，厨师们在现场烧烤，香味扑鼻，令人垂涎，而用餐的方式则引入了西方的自助餐形式，价格也很公道，一个人15美金便可以敞开肚皮海吃。

除了吃，在喝的方面，按照《古兰经》的要求，巴基斯坦禁止穆斯林饮用含酒精的饮料，但非穆斯林"少数派"可以从专门的供应点买到啤酒和威士忌等酒类。其中，建于1861年的莫里啤酒公司生产的莫里牌啤酒，非常可口，口碑颇佳。尽管禁止穆斯林饮酒，以至药房酒精都不卖，但嗜酒者仍大有人在。有些人相信酒有治病的效力，有的医生也要求患者喝一点白酒治疗感冒一类的病症。

因为禁酒，巴基斯坦人最喜欢的，便是以各种水果如甘蔗、芒果、柠檬等榨汁，再加冰块饮用。用果汁、草药、鲜花、香料等配制的果汁饮料，统称为"希尔伯特"。其中，有一种名叫"罗赫阿富扎"（意为"令人精神振奋的"）的果汁饮料，已经成为著名的大品牌，除内销外，还远销到北美、欧洲和中东各国。同时，巴基斯坦也积极引入国外品牌，比如加汽的饮料，可口可乐、百事可乐、七喜、雪碧等，也早在40多年前就打入

Quanjing

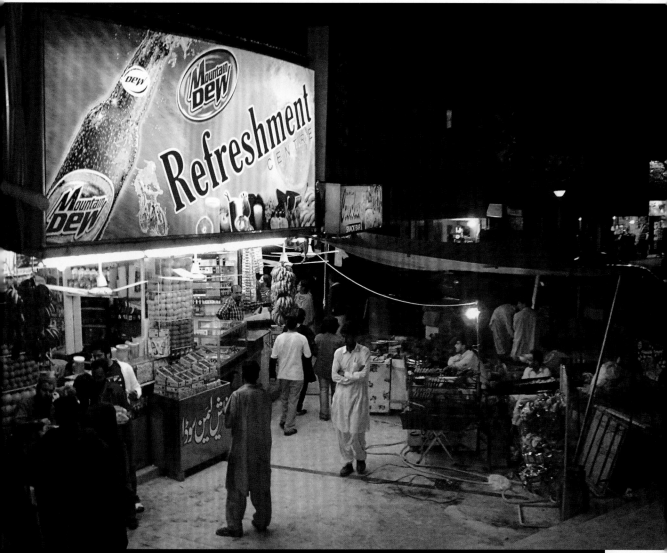

逛夜市是旅游中少不了的项目。在镜头里，这里的夜市比起白天的市井反显得整洁而有序，在啤酒、可口可乐的灯箱广告的辉映下，颇有现代都市的味道。我全部用低速快门拍摄，留下了灯光下自然的层次、不经意的虚动和低色温的暖意。

摄影手记

巴基斯坦市场，如今，甚至在那些边远山区和穷乡僻壤，也都随处可见这些洋品牌。而在马路的旁边，除却传统的烧烤店，也矗立有巨大的麦当劳广告，述说着巴基斯坦传统和现代文化的交融。除此之外，西方式的现代游乐场、随处可见的英文标识，还有草坪上身穿现代运动装、玩耍足球的青年，都说明了这个国家在尊重传统的同时，也在积极地对现代文明进行消化，并力求融入，力求与世界同步。■

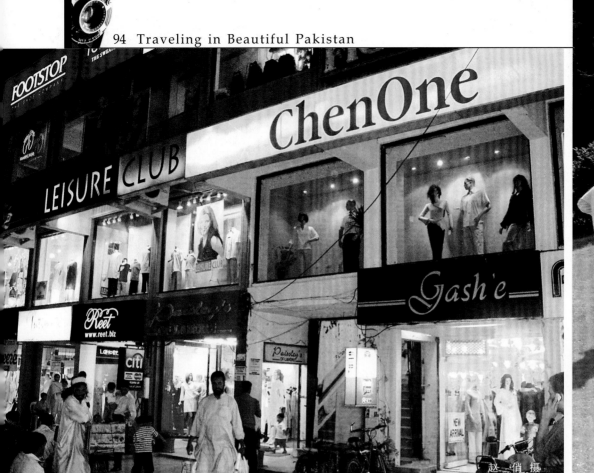

旅游摄影小品

赵 俏 摄

　　街头艺人的舞蹈，尽管离得较远，但是在逆光下，暗背景前，身穿素色调衣服的人们舞动的身影，在光影的对比中烘托了热烈的气氛，让人不忍离去。这里有游乐场、街头体育场，也有麦当劳。还能够见到特别的路标：请你到水果街一游。 摄影札记

　　■ 三把利刃是卡拉奇的标志性城市雕塑。我们开车路过这里，利用顺侧光拍摄了这座雕塑，画面还能够显示"利剑"的形状。可以想象逆光中的三把利剑一定更加壮观，希望还有机会再来这里，能够看到想象中的景观。

　　■ 在卡拉奇的主要街道上也是车水马龙，不时便能看见拥堵的车辆。这是在侧逆光下拍摄的，由近到远的车辆勾勒着明亮的轮廓光，层次丰富，轮廓清晰，透视的影调增强了街道的空间深度。比起在顺光条件下单靠色彩和线条形成的透视感，显然要强烈得多。

　　在卡拉奇海滩才能够感受到碧海蓝天的空灵和宽旷，踩踏着洁白细腻的沙子，享受清静无人的海滨，感受拥有，感受放松，在当今的旅游之地恐怕难以找到这样的海滩了。边上的椅子通常是空着的。还好我去的时候有一些学生来海滩玩，才得以拍摄了几张有人物的海滩照。

望乘坐或是将货物交给一辆打扮得亮丽的汽车运输，另外，如果你的车未加修饰，顾客还可能会认为车主负担不起货物的损失，从而影响生意。三是表达他们的个人喜好和美学品位。

有意思的是，花车涂饰的内容也随着时代的变化而变化。20世纪50年代前后，司机们喜欢在车身上写一段来自《古兰经》的哲句名言，引导人们弃恶扬善。90年代以后，内容更加丰富多样，或是鲜花、孔雀、雄狮、清真寺，或是宗教传奇人物、身披铠甲的骑士以及自己崇拜的电影明星等，也都会绘制到汽车的各个部位。有时候，国际政治也会在卡车上反映出来，比如许多卡车上就写着"路是我们的"诸如此类的政治口号。

值得一提的是，除却车身可以随意涂绘外，巴基斯坦的汽车牌照甚至都可以任由自己涂画，堪称真正的"个性化车牌"。无论是花车设计，还是牌照涂画，都充分展现了这个国家的个性和大气，也完全展现了巴基斯坦人自由奔放的性情和令人惊叹的艺术想象力。■

■ 在对电影《大篷车》的记忆里，留下了大篷车的漂亮和浪漫。这次到了巴基斯坦才真正见了原版"大篷车"，尽管完全不是影片中的意思，但是依然印象深刻。在巴基斯坦，被民族图饰浓装艳抹的巴士、卡车、甚至拖拉机随处可见，有点像国内节日的彩车。这里的大篷车通常都比较破旧，偶尔才能看到一辆新的。但是，还是由不得前拍、后拍，左拍、右拍，每处细节都流露出一股浓浓的民族风韵。

摄影手记

"巴基斯坦人把他们的艺术爱好释放到汽车上。这种纯粹源自民间、服务民间的'艺术运动'，充分体现了巴基斯坦人热爱生活的快乐精神。"

无论是花车设计，还是牌照涂画，都充分展现了这个国家的个性和大气，也完全展现了巴基斯坦人自由奔放的性情和令人惊叹的艺术想象力。

松柏万古 友谊常青
————小山公园的友谊树

　　在巴基斯坦首都伊斯兰堡，夏克巴里安山（Shakarparian）不同寻常。因为位于山顶的小山公园，是专供来访的各国领导人植树留念的地方，因此也被称作"友谊山"。

　　这座山，这个公园，还与中国的历届领导人有着密不可分的历史渊源。1964年2月21日，敬爱的周恩来总理来巴访问，亲手栽下了公园里的第一棵友谊树。如今，40多年过去了，这棵乌桕树依然枝繁叶茂，挺然屹立，为游客所注目。

　　从那以后，几乎每一位到访的中国领导人，都会亲植一棵友谊树，以此表达中国人民对巴基斯坦人民的深情厚谊。1966年3月，刘少奇主席植乌桕树；1978年6月耿飚副总理植梧桐树；1984年3月李先念主席植柏树；1989年11月李鹏总理植玉兰树；1990年5月万里委员长植松树；1991年10月，杨尚昆主席植玉兰树；1996年12月江泽民主席植南洋杉树；2003年12月贾庆林（政协）主席植玉兰树；2005年4月温家宝总理植红松树；2006年11月24日，胡锦涛主席植松树。

　　小山公园曾见证过那一幕幕温馨动人的时刻。2005年4月6日，温家宝总理访问巴基斯坦，按照惯例，他也来到小山公园，要亲手种植一棵纪念中巴友谊的友谊树。在植下一株松树幼苗，培土浇水后，温家宝总理发表了热情洋溢的讲话。他环视满园苍翠，深情地说："40多年前，周恩来总理第一个在这里植下了一棵象征中巴友谊的乌桕树，在中巴两国人民的精心培育下，这棵树已枝繁叶茂。它是中巴友谊历久弥新的生动写照。"最后，他真诚地希望中巴两国的深厚友情能够像他刚刚栽种下的松树一样，无论经历怎样的暴风骤雨，都能永远挺拔、青翠。

　　后来，巴基斯坦的阿齐兹总理在陪同温家宝总理会见中巴青年代表时感慨地说："今天，在对巴基斯坦进行历史性访问之际，温总理不仅栽下了友谊树，也把巴中友好世代相传的种子深深植根于两国青年的心中。未来岁月里，巴中友谊必将像那阳光下的友谊树，根深叶茂，四季常青。"

　　就在温家宝总理到访不到两年的时候，小山公园又迎来了一位尊贵的中方客人——中华人民共和国国家主席胡锦涛先生。2006年11月24日下午，胡锦涛主席一行驱车来到这个嘉木苍翠的地方。在巴基斯坦内政部长谢尔帕奥和首都发展局主席莱沙里陪同下，胡主席种下一株松苗，并培土、浇水。在杲杲丽日的映衬下，这株新苗显得生机勃勃。

　　在此期间，公园负责人和胡锦涛主席之间还进行了一段耐人寻味的对话。

　　公园负责人介绍说："这是巴基斯坦的一种多年生松树，能长得很高。"

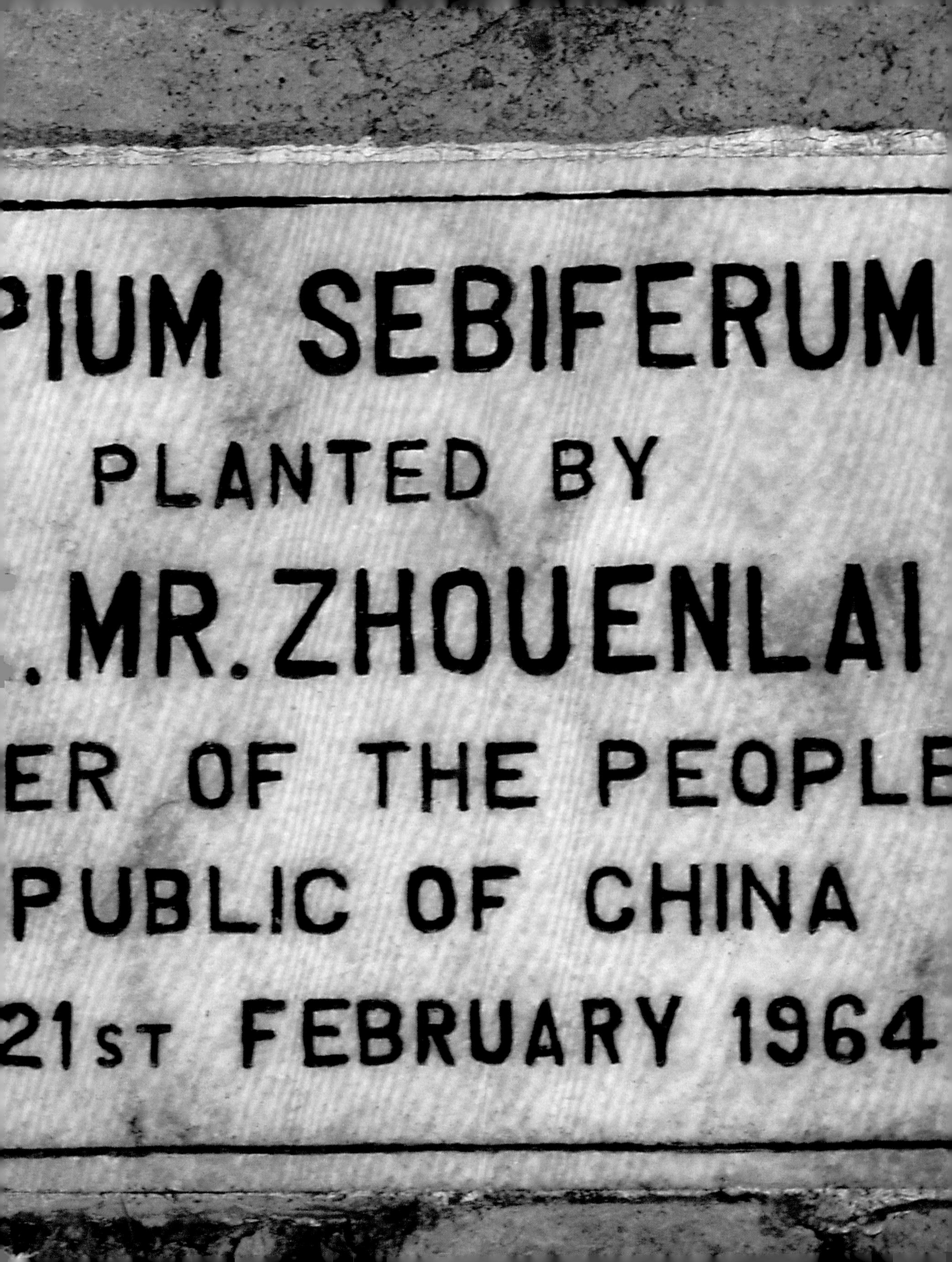

PIUM SEBIFERUM

PLANTED BY

. MR. ZHOUENLAI

ER OF THE PEOPLE

PUBLIC OF CHINA

21st FEBRUARY 1964

胡主席说："我会记住这棵树的位置，过若干年后我要来看看这棵树的生长情况。"

"我会小心照顾这棵树。"公园负责人说。

胡主席接着表示："我希望这棵树能像中巴友谊之树那样，枝繁叶茂。"

这样朴素而亲切的话语，道出了中巴两国之间的心声，也体现了中巴两国之间深厚的友谊和友好合作关系。小山公园的友谊之树已经见证，中巴两国是好邻居，好兄弟，好朋友。■

CHINESE TALLOW TREE
(SAPIUM SEBIFERUM)
PLANTED BY
H. E. MR. LIU SHAO-CHI
CHAIRMAN OF THE PEOPLES
REPUBLIC OF CHINA
ON 28 MARCH, 1966

ARAUCARIA EXCELSA
PLANTED BY
H.E.MR.JIANG ZEMIN
PRESIDENT OF THE PEOPLE,S
REPUBLIC OF CHINA
ON
DECEMBER 2,1996

PINUS ROXBURGHII

PLANTED BY

H.E. MR. WEN JIABAO

PREMIER OF THE STATE COUNCIL OF
THE PEOPLE'S REPUBLIC OF CHINA

On 6th April, 2005

玩转虚实

- 面对运动中的物体
- 面对视野中的景物
- 美在精确，美在朦胧
- 现代照相机的高级操作

面对运动中的物体

用快门速度控制动体的清晰与模糊，展现画面横向的变化

　　静止是相对的，运动是绝对的。我们无时无刻不在面对生活中不同的运动对象和运动状态，用照相机记录运动，也就成了我们必须掌握的重要技术。自摄影术诞生之日起，人们就为了能够把一切运动记录下来而进行了不懈的努力。随着照相机快门速度和胶片感光性能的提高，使我们有了记录运动，甚至记录高速运动物体的可能。今天，人们随便拿起一架照相机，几乎都有上百分之一、上千分之一秒的快门速度可供选择，拍下我们身边的运动对象及其状态已是轻而易举的事了。

　　动体的清晰度是由照相机的快门速度控制的。在聚焦准确、持机稳定的情况下（如果物体运动速度较高，那么，对手持照相机的稳定性要求也就不很高。一般没有受过专门训练的人，手持照相机用 1/15 秒以上的快门速度拍摄不会有太大的问题），照相机的快门速度≥物体的运动速度，动体成像是清晰的，即呈实影像。相反，照相机的快门速度＜物体运动速度，动体成像就会模糊，呈虚影像。

　　于是，面对运动物体，我们只有两种选择，非虚即实，或非实即虚，两者必居其一。

一、凝固印象中的高速动体——拍摄清晰的运动物体

　　把运动物体拍清楚，是传统摄影课程《动体摄影》中的主要内容，也是快门速度控制的重要方面。因为，人眼视觉很难辨别物体在运动中的实际状态，我们对物体运动过程中的状态往往只是凭视觉印象，而事实上，人眼视觉的动体瞬间状态是模糊的。所以，"凝固"高速动体是人类掌握了摄影技术之后的执著追求。因此，在摄影史上就有了迈布里奇用照相机拍摄人眼无法辨别的奔马动作的著名试验，照片记录了马在奔跑时四足离开地面的真实状态。这是发生在 1877 年的人类拍摄动体的一次重要尝试，当时照相机的快门速度是 1/1000 秒，这个快门速度大于马的奔跑速度，使马在奔跑时的瞬间状态得到了清晰的记录。从 1839 年法国政府宣布"达盖尔摄影法"的那天起，到迈布里奇拍摄奔马，前后不过 38 年。照相机的快门速度却从达盖尔用约 30 分钟的时间拍摄《巴黎寺院街》(1837 年)，一跃达到了可用千分之一秒拍摄奔跑的马（1877 年)。在摄影术发展初期，40 年的成果是惊人的。

　　为了能够记录下物体在运动中瞬间状态的清晰图像，摄影技术是从"提高快门速度"、"提高胶片感光能力"和"扩大镜头口径"同时入手，多管齐下。这里，我们在感光材料已经具备相当能力、镜头口径一致的前提下，仅对"快门速度"的控制作必要的阐述，因为许多教材上都有类似

内容，这里着重用图示的方法，梳理一下传统内容，重点揭示"为什么"。我们知道，要拍摄清晰的运动物体，所用的快门速度就必须等于或大于运动物体速度，那么应该用多高的快门速度？高到什么程度？同样速度的运动物体，为什么还可以用不同的快门速度拍摄？知道了上述问题的答案，不仅对使用传统照相机，而且使用自动照相机和数码照相机，熟练掌握自动模式，都是十分有益的。

拍摄清晰的运动物体的关键是判断物体的运动速度，以便选择相应的快门速度。事实上，对于摄影来说，判断物体的运动速度，不只是物体自身的运动速度，还涉及到照相机的拍摄方向与物体运动方向之间的角度；涉及到拍摄位置与动体之间的距离以及拍摄所用的镜头焦距。我们把"速度"、"角度"、"摄距"、"焦距"称为影响拍摄运动物体的快门速度的四个因素，也称"影响快门四因素"。

速度（物体运动的速度）

拍摄动体首先需要了解一般物体的运动速度（表1），这样才可能准确选择适当的快门速度。不少朋友认为，拍摄动体所用的快门速度宁高勿低，这个说法从道理上讲并没有错，但是实际上，我们并不这么做。因为，高速快门对动体在画面上的实际表现是有影响的。

比如,用高速快门实际上将动体全部"凝固"了。如果采用与动体速度相近的快门，由于动体各个部位速度的差异，就会在画面上造成动体局部的"凝固"和"半凝固"状态，动体的细节就有了变化，动体的画面表现会更生动一些。如果一味用高速快门，快门速度过高，在同样的光线条件下，光圈势必要放大，景深范围就会缩小，将明显影响整体画面的纵深度的表现。因此，在一定的光线条件下，快门速度的高低应尽可能与物体运动速度相适应，不宜差距过大。

角度（拍摄方向与物体运动方向之间的角度）

在日常生活中，我们会有这样的感觉，从迎面或背面驶来的自行车好像很长时间才从视线中消失，似乎速度很慢，不像从侧面驶来的车辆速度那么快。产生这种感觉的原因是，迎面或背面驶来的车辆从进入我们的视线，从近到远或从远到近就一直在视角范围内，而从旁侧或正面驶过的车辆，瞬时就离开了我们的视角范围（第111页图示A）。因此，在实际拍摄中，当我们在同一拍摄距离拍摄同一运动速度的物体时，动体的运动方向与我们的拍摄方向（也即"照相机镜头的摄轴"）所成的角度越接近90°，所用的快门速度也越高，反之，越接近0°，则快门速度也越低（表2）。

当拍摄方向与物体运动方向成90°时，可

表1　　　　一般物体的运动速度与推荐使用的快门速度

被摄对象	运动速度（米／秒）	快门速度（秒）
步行者	2.5	1/60
跑步者	7.5	1/125
自行车	8	1/125
赛马	16	1/250
汽车	25	1/500
飞机	40	1/1000

表2　　　　　　　　　**动体运动方向与推荐使用的快门速度**

被摄动体	运 动 方 向		
	0°	45°	90°
	快 门 速 度（秒）		
跑步者	1/60	1/125	1/250
自行车	1/125	1/250	1/500
汽车	1/250	1/500	1/1000
飞机	1/500	1/1000	1/2000

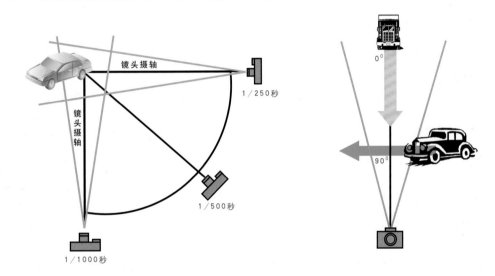

拍摄方向与物体运动方向对快门速度的影响示意图（图示A）

以用下列"快门速度公式"求得所用快门速度：

$$快门速度 = \frac{拍摄距离（M）}{100 \times 焦距（英寸）\times 动体速度（M/t）}$$

*1英寸＝25毫米

如果拍摄距离为50米，使用镜头的焦距为105毫米，动体速度为每秒60米，按照上述公式计算：

$$\frac{50}{100 \times (105/25) \times 60} = 1/500（秒）$$

在成角90°时用1/500秒，那么，成角45°时用1/250秒，在0°时则用1/125秒。

摄距（拍摄位置与动体之间的距离）

平时，我们偶然抬头看见高空的飞机，我们可以看着飞机从天空的一边飞到另一边，又慢慢地从远处消失，我们似乎感觉飞机飞得并不快。而当我们走在街上，一辆汽车从眼前一闪而过，似乎速度很快。这种感觉是由于我们观察位置与动体之间的距离造成的，其原因是：由于被观察物体近大远小，而且在同一视角范围内，远端动

体的运动距离长，近处运动距离短，因此，尽管
动体以同样的速度运动，远处的运动物体移动的
幅度就小，近处的移动幅度就大（图示 B）。

　　因此，同样速度的运动物体，距离拍摄位
置愈近，所用的快门速度也愈高；相反，距离愈
远，所用的快门速度就愈低。比如，拍摄田径场
上百米竞赛运动员，其拍摄位置与运动员之间的
距离和所用快门速度的关系如表 3 所示。

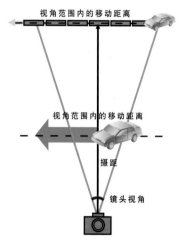

摄距与快门速度关系示意图（图示 B）

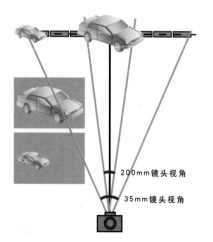

焦距与快门速度关系示意图（图示 C）

表3　拍摄距离与推荐使用的快门速度

拍摄距离（米）	快门速度（秒）
3	1/250
6	1/125
12	1/60

　　摄距缩小一倍，快门速度应提高一级；摄
距增加一倍，快门速度应降低一级。

焦距（拍摄所用的镜头焦距）

　　拍摄动体时，所用的镜头焦距的长短，对
快门速度的影响很大。因为镜头的焦距愈大，镜
头视角愈小，成像愈大，相当于在很近的距离拍
摄，因此，必须提高快门速度（图示 C）。按照
上面讲到的"快门速度公式"，如果将例举中的
105 毫米的镜头改为 200 毫米的镜头，拍摄速
度就需要提高到 1/1000 秒。镜头焦距长度与快
门速度关系可用下页表 4 所示。

　　把上述四个因素归纳一下，其实只有两个
方面，第一是"运动速度"，它涵盖了"角度"，
也就是物体的运动方向。不难看出，物体的运动
速度实际指的就是在与拍摄方向（照相机的镜头
摄轴）成 90°时的速度，一旦动体的运动方向
发生了变化，相对速度也就有了变化，与拍摄方
向的夹角愈小，相对速度愈低。第二是"拍摄距
离"，它涵盖了"焦距"，即拍摄位置离运动物体
的远近，焦距愈长，相当于缩短了拍摄距离，摄
距愈短，动体的相对速度愈高。我们就是按照动
体的相对速度的高低来决定快门速度的。

　　"运动速度"决定了拍摄动体在照相感光材
料上停留时间的长短。动体速度低，停留时间长，
影像变化小，快门速度就可以放低一些；反之，
就要提高快门速度。

　　"拍摄距离"决定了拍摄动体在照相感光材
料上成像的大小。拍摄距离近，成像大，动体移
动幅度大，影像变化大，快门速度就要提高一些；

表4　　　　　　镜头焦距与推荐使用的快门速度

被摄动体 ＼ 镜头焦距　快门速度	镜头焦距（毫米）		
	f＝50	f＝100	f＝200
跑步者	1/60秒	1/125秒	1/250秒
自行车	1/125秒	1/250秒	1/500秒
汽车	1/250秒	1/500秒	1/1000秒
飞机	1/500秒	1/1000秒	1/2000秒

反之，就可以降低快门速度。

在动体拍摄的实践中，其速度一般是可以预计的，拍摄位置常常会受到一定的限制。因此，一般情况下，我们假设"速度"是已知的，"摄距"是固定的，那么，"角度"和"焦距"对快门速度选择的影响就显得比较直接而且明显。面对近距离的高速动体，我们用短焦镜头在接近0°的位置拍摄，快门速度不必太高；对于较远距离的运动物体，我们用长焦镜头在90°的位置拍摄，快门速度不能太低。显然，影响快门的四个因素是相互关联、相互制约的。但是，这四个因素不能都是变数，必须逐一确定，留下一个变数进行选择。一般情况下，要定速度、定摄距、定角度，最后的一个变数就是"焦距"。

只要能够理解"速度"和"摄距"的内涵，掌握"角度"和"焦距"的变化规律，拍摄清晰的动体并不难。

二、再现动体的视觉原貌——记录模糊的运动轨迹

如果我们采用的快门速度低于物体运动的速度，那么，运动的物体就模糊了。动体的模糊感其实是人眼视觉对物体运动过程状态的正常反映。因此，我们说照相机记录的清晰动体是真实的，而照相机记录的模糊动体也是真实的，前者是被摄对象的真实，后者却是拍摄者视觉观察的

真实。影像的模糊其实是再现了动体在人眼视觉中的原貌。在实际拍摄中，有两种方法，一是记录真实动感；二是拍摄模拟动态。

1．记录真实动感

记录真实动感是直接使用低于被摄动体运动速度的低速快门拍摄动体的方法。确切地说，我们用低速快门所记录的模糊影像不是动体本身，而是动体运动的轨迹。只是因为实际使用的快门不尽相同，用低于动体运动速度是慢门，用B门长时间曝光还是慢门，所以造成画面上动体运动轨迹的长短也各不相同（如下页图）。可见，物体运动轨迹的表现与照相机采用的快门速度关系很大，使用低于动体运动速度又与之相适应的快门速度，才可能显现出动体富有变化的运动轨迹。比如，选择的快门速度接近动体速度，那么，动体的运动轨迹就不明显，就会缺乏动感；如果快门速度太低，动体的运动轨迹会模糊一片，同样失去动感。一般采用比动体速度低2～3级的快门速度，动体轨迹比较明显，且富有变化。动体的运动速度愈高，快门速度放低的级数愈小。比如，1/500秒以上的动体，放低1级，用1/250秒拍摄，运动轨迹就很明显了。因此，"慢门"是相对的，慢门一般所指的是1/30秒以下的快门速度，而拍摄时，选择快门速度放低到什么程度，要视被摄对象的实际运动状况而定。

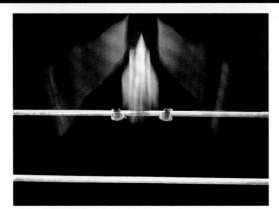

低于动体速度的快门 （澳）亚当·普雷迪 摄

与动体等速的高速快门 胡金喜 摄

　　由于照相机的最小光圈有限，一般最小光圈为 f/16，在光线充足的情况下，无法直接用低于 1/30 秒的快门速度拍摄，因此需要用滤光镜加以辅助，这类滤光镜总称"减光镜"，顾名思义，就是用于减弱光线强度的滤光镜。

　　滤光镜有两类，一类是改变光的波长的滤光镜，多用于黑白摄影；另一类是改变光的振幅的滤光镜，属于黑白、彩色通用滤光镜。上述"减

夜间汽车运动的车灯轨迹 杨焕敏 摄　　　　　　　　时装模特表演的轨迹

用 f / 5.6，1 / 125 秒的曝光组合拍摄的水帘　　　用 f / 22，1 / 4 秒的曝光组合拍摄的水帘

光镜"属通用滤光镜，有专用和代用两种。

灰镜（专用减光镜）

灰镜又称中灰滤镜或 ND 镜，是一种具有阻光作用的中性密度镜。它不改变光色成分，对彩色摄影的景物色彩表现没有影响。使用灰镜就可以在明亮的光线下用慢门拍摄动体，增强动体的运动效果；也可以用大光圈虚化背景。灰镜根据其密度的不同，分有 ND2、ND4、ND8 等不同的型号。使用时根据不同型号增加曝光量，ND2 增加 1 级曝光量，ND4 增加 2 级曝光量，ND8 增加 3 级曝光量。还有 ND400，使用时需增加 9 级曝光量。在白天可以使用 30 秒以上的慢门曝光，致使车来人往繁忙的街道，因为动体严重曝光不足而消失了影像，造成一番空旷清静的景象。不同密度的灰镜可以根据需要叠加使用，使用时按照各自型号的曝光因素累计增加曝光量。

偏光镜（代用减光镜）

偏光镜又称偏振镜，偏振镜本身是使光线发生偏振，用来消除被摄物体非金属表面的反光。它同样对彩色景物的表现没有影响，可以替代密度镜，用来减弱过于强烈的光线，以便在强光下使用慢门，增强动体的动感。由于偏振镜的双重作用，是摄影常用的滤光镜，使用时也要注意按照滤镜的曝光因素增加曝光量，一般均需要增加 2 ~ 4 级。

2. 拍摄模拟动态（动态滤光镜的使用）

模拟动态是使用动态效果滤光镜模拟的物体动感效果。动态效果滤光镜也属于改变光的振幅的滤光镜，它根据光的折射、反射和漫射原理，镜片中央平整，而周围刻制有不同的条纹。有模仿直线追随效果的速度镜、模仿变焦追随效果的爆炸镜、模仿弧形追随效果的旋转镜等多种。拍摄时，把动态滤光镜安装在镜头前，就可以使影像产生追随、爆炸、旋转等不同的动感效果。■

面对视野中的景物

用景深控制景物的清晰与模糊
展现画面纵深的变化

一般认为，景物的清晰度是由照相机的稳定、聚焦的准确，以及镜头光圈的大小决定的。如果我们将没有持稳照相机，焦距没有对准，作为操作不当的非正常模糊的话，那么，真正决定景物清晰度的就是镜头的景深了。

什么是景深？我们试从人眼和照相机说起。

人眼的立体视觉是犀利的。人眼立体视觉中的纵深景物和用照相机观察的纵深景物，是完全不同的两种方式和效果。人眼的视野宽广，是立体的、三维的。虽然人眼清晰的直视范围很小，但是人眼靠视觉记忆，在感觉上的立体景物总是清晰的，可谓"一目了然"、"一眼望穿"。而照相机则不然，在照相机镜头的视野中，景物成了平面的、二维的，失去了纵深感。机械的光学性质使得照相机镜头在理论上只有焦点对准的那个位置上的景物才是清晰的，焦点前后的景物都是模糊的。那么，实际上的情况是怎样的呢？

人眼的平面视觉是宽容的。我们知道，照片上的影像是由景物的无数光点在感光材料上聚焦而成的。如果说在照相机焦点处成像是一个清晰的点的话，那么，在焦点前后所形成的，其实就不是"点"了，而是一个"圈"，只是人眼的分辨力有限，对小到一定程度的"圈"，就无法分辨了。对人眼视觉来说，这些极小的"圈"也就是"点"了。因此，我们看照片

——照相机拍下的景物，凡是人眼分辨力可以视为"点"的范围都认为是清晰的。当眼睛可以看出是"圈"了，影像就模糊了。可以被人眼看做点的最大的"圈"叫模糊圈（也叫分散圈），就是这个模糊圈原理，使我们能够在照片上看到纵深景物相对清晰的范围，这个范围就是景深。

· 景深图说（图D）
· 影像是由无数光点组成的。
· 在焦平面前后仍然有人眼分辨力允许"以圈为点"的范围，这就是"焦深"范围。
· **焦深：**同一被摄景物，在景深范围内的最近清晰点和最远清晰点，在焦平面前后所形成的相对清晰的像点之间的纵深距离。
· 理论上，按照镜头成像原理，只有在焦平面结像的点，才是真正的光点。
· 实际上，根据人眼视觉的分辨能力，人眼视觉能够实际感到的光点比真正的光点大，与真正的光点相比，实际上的点，其实是人眼无法分辨的"圈"。分散圈就是人眼视觉所能够接受的相对清晰的"光点"。
· **分散圈：**在焦深范围内，焦平面前后结像的点，在胶片（感光平面）上，都能够形成被人眼视觉接受的相对清晰的光点。
· **景深：**能够在聚焦点前后记录的人眼视

为清晰的被摄景物的纵深范围。

·景深和焦深：是同一镜头可以结成相对清晰影像的被摄物体和物像的纵深长度范围，两者是共轭的。景深通过焦深来表示，焦深长，景深也长；焦深短，景深也短。

·明视距离：指一般人眼距照片25毫米为最合适的观察距离。实验证明，视力正常的人在光线充足的条件下，在明视距离允许模糊圈直径为0.25毫米，此时影像仍然感觉清晰。

·底片上允许模糊圈最大直径（D）为 D = 0.25/放大倍率。

·在明视距离，放大倍率越高，允许模糊圈直径越小。

·影响景深的主要因素有三个方面，即镜头焦距、光圈口径、拍摄距离。

·镜头焦距对景深的影响：焦距长，景深小；焦距短，景深大。

·光圈口径对景深的影响：光圈大，景深小；光圈小，景深大。

·拍摄距离对景深的影响：物距近，景深小；物距远，景深大。

三者的关系是相互制约的，相同焦距的镜头，即使用大光圈，但是拍摄距离远，景深变化就不明显；同样的拍摄距离，如果用小光圈，但是镜头焦距长，景深就小；同样的光圈，拍摄距离近，但是用短焦镜头，景深未必就小。三者的关系是累加的，用相同的镜头焦距，近距离拍摄景深小，加上大光圈，景深会更小。在一个因素设定之后，另外两个因素就会相互

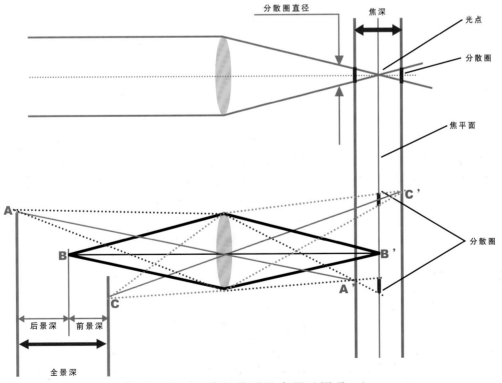

分散圈、景深、焦深关系示意图（图示D）

制约，相互影响。在实际拍摄中，小景深比大景深的感觉明显，焦距的变化对景深的影响感觉比较明显。

在一般情况下，特别在旅游摄影中，我们的拍摄距离不会很近，光圈也不会用得很大，对景深影响最明显的是镜头焦距。现在变焦镜头的使用已经十分普及，因此要注意镜头焦距对景物纵深清晰度的影响，用中长焦端，景深小；用短焦端，景深大。而且在使用长焦端时要特别注意对焦准确、持稳照相机。因为景深小，稍有不慎很容易虚焦，所以不少摄影者使用长焦拍摄时经常要用三脚架，就是这个道理。

· 在摄影平面上特有的三维空间——纵深的清晰和模糊

如果说，快门速度为摄影画面的二维平面提供了横向的虚实变化的表现空间，那么，景深是为我们在摄影平面提供了可以表现纵向的虚实变化的空间。

照相是平面的，于是我们习惯利用线条、影调、色彩在相应的光线条件下的透视变化表现景物的三维视觉。我认为这是传统绘画的空间表现方法在摄影上的应用，而摄影特有的三维空间的表现是运用景深原理，表现景物纵向虚实的方法。其实景物纵深的清晰和模糊是人眼视觉的本来面貌。前面我们曾讲到，人眼的立体视觉之所以犀利，是因为人的大脑。人眼纵深视觉的全面清晰是人的大脑视觉记忆造成的。人眼实际上只有 1.5° 左右可清晰的直视范围，当我们关注景物某一点的时候，其实前后都是模糊不清的。100 年前爱默森的"焦点视觉理论"着实让人震惊而倾服。照相机从根本上还原了我们的视觉，也为我们提供了摄影特有的真实的三维表现。（如下图）

大景深的全面清晰是人的习惯视觉，小景深的局部清晰是人的实际视觉，人眼也因为习惯而忘记了本来的自己，照相机却把我们领了回来，当局部清晰被照相平面所揭示的时候，它才显出其特有的神奇。■

线条透视（近大远小）

影调透视（近暗远亮）

色彩透视（近暖远冷）

摄影特有的景物纵向虚实的透视表现

美在精细，美在朦胧

真实的诗情画意

　　无论什么时候，看到安塞尔·亚当斯的作品都会让人眼睛一亮，亚当斯的作品不仅气势雄浑，景致壮观，而且画面精致、质感精细。他那精细到家的影像记录，他拍摄的大山、峻石、流水、云天，表现出极其精细的质感，简直让人产生前去触摸的冲动，如身临其境。正是这种把照相"精细"能力发挥到极致的效果，使这位大师镜下的约塞米蒂风光，更加气势不凡。

　　亚当斯这位深受纯摄影派影响的大师，曾是美国"Group F64"摄影团体的重要成员。这个摄影团体以照相机上的最小一级光圈值F64命名，他们有四个重要主张：一是画面影像全面清晰；二是要真实地反映客观事物；三是拍摄和制作全部使用照相方法，反对人为加工；四是必须亲临现场，对原物进行直接拍摄。他们以"如实摄影"、"直接摄影"，用小光圈、大景深、高清晰度作为艺术宗旨。亚当斯的作品具有F64小组艺术主张的鲜明特征，使之成为纯摄影派最典型、最优秀的代表作品，也使他成了"纯摄影派"的重要人物。由于亚当斯拍摄约塞米蒂大量的风光作品，1916年美国国会通过了《国家公园法》，约塞米蒂被命名为国家公园。1980年美国政府为表彰亚当斯在摄影艺术上的卓越成就和保护大自然所作的贡献，授予他美国公民的最高荣誉"自由勋章"。

　　亚当斯拍摄的风光画面都很平静，没有人物，但是作品凸显的"自然、真实、清晰"却使画面极富视觉魅力。我以为"视觉魅力"不只是视觉冲击力，而是蕴藏在整个画面中的耐人寻味的美感。再好的构思，再好的构图，倘若没有绝好的清晰度，视觉魅力就会丧失殆尽。显然，照相的精细是画面形式的一部分，是一种画面表述方式，它是与拍摄者的思维、构图一起呈现给读者的。

　　了解摄影史的朋友，一定知道有一位对亚当斯产生过重要影响的摄影大师，既在同一时代，又同是F64小组的成员，他就是爱德华·韦斯顿。你一旦看过韦斯顿的作品，就一定不会忘记，那棵《老杉树》，那堆《沙丘》，那个《甜椒第30号》和《贝壳》，还有那扇《泰浩湖边土豆窖的门》……人们为韦斯顿的作品所独具慧眼的发现和惊人的细节表现所震撼。韦斯顿认为，"形是无处不在的"，关键是要敏锐观察，精确表现。他说"要尽量努力做到正确描写，一定要让石头看起来很坚固，树皮看起来很粗糙，肉体看起来很滋润"。他的拍摄方法可以归结为五点：一是用最小光圈，大底片；二是拍摄的底片，不放大，直接印相；三是用光面纸；四是用硬镜头；五是不修饰、不裁剪。尽全力用工具技术把被摄景物拍得清晰、鲜明、锐利，超出人眼所能够分辨的清晰程度。韦斯顿坚持了一种理念，就是要给人类带来生理机制所不能够看到而实际存在的美。

　　精细、精确、精致的摄影表现大多被描述为"表现质感"、"揭示纹理"的方法，其实从根本上说，这是一种对客观事物的真实反映和揭示。这种能力是照相机工具所特有

约塞米蒂谷风光　亚当斯 摄　　甜椒第30号　韦斯顿 摄

的，是摄影的工具特质，是其他艺术门类所无法比拟的。应该说，如何充分利用照相的揭示能力是学习摄影的一个无止境的课题。

与清晰的表现一样，模糊的表现在人类摄影史上由来已久，并不陌生。在早期印象派摄影那里就有了对摄影模糊表现的大量尝试，爱默森的"焦点视觉理论"为摄影的模糊表现提供了理论依据，只是早期的印象派摄影没有完全采用摄影技术和照相方法来获得模糊影像，片面追求印象派绘画的形似而逐渐衰落。但是，人们对模糊影像表现的探索一直没有停止。1884年至1890年间，美国的摄影家就做过许多动态摄影的实验，如迈布里奇的《奔马》(1877年)，依肯斯的《跳的动作》(1884年)，马雷的《击剑》(1890年)，1910年，意大利的未来派摄影倡导人安东·吉乌里奥·布拉加利阿就最先明确提出了动态摄影。他认为，动态摄影可以捕捉动作的复杂性、韵律、真实和非物质性。他还认为，动态摄影的动感并非技术上的失误，而是客观事物在运动中的完整轨迹的真实再现。先人的探索留给了今天，随着摄影技术的飞速进步，大跨度快门速度和光圈的广泛应用，特别是大幅度变焦镜头的普遍应用，模糊影像的出现不再显得唐突，完全出

自照相工具的技术，给了摄影无限广阔的表现天地。仅追随法拍摄就随着拍摄动体运动路径的需要，也随着变焦镜头的出现，从平行追随、上下追随到弧形追随、纵向追随，以及追随频闪拍摄，一路创新。今天，摄影模糊的表现方法——快门控制、景深控制以及双向控制都得到了广泛应用，显示出了摄影表现的独特性。

摄影技术不仅揭示了清晰影像的真谛，也揭示了模糊影像的真谛。慢门拍摄的《向你致敬！》(1911年)，高速快门拍摄的《牛奶皇冠》(1936年)，电子频闪拍摄的《挥动球棒》(1960年)，显示了在正常状态下，人眼无法看到真实的瞬间形象。即便是在纪实摄影中，也有模糊影像所强化的真实效果，《诺曼底登陆》的失焦(罗伯特·卡帕)，《巴黎亚拉扎尔车站》上凝固的跳动(亨利-卡蒂埃·布列松摄)，《乞求和平》时刻那虚晃的刺刀(马克·布里摄)……都是快门速度为我们视觉留下的物体运动的真实和真实的轨迹，都是光圈的景深反映的人眼纵向视觉有限清晰度不可抗拒的真实感。

摄影追求的是真实，清晰是真实，模糊也是真实。真实永远是美的。■

利物浦印象
约翰·杜德里·约翰斯顿 摄

大提琴家 安东·吉乌利奥·布拉加利 摄

吸烟者 安东·吉乌利奥·布拉加利 摄

现代照相机的高级操作

创意拍摄区模式的应用

据说，世界上有许多传统工艺，因为现代化的规模、机械、自控、电脑的操作，不仅失去了传统工艺的意味，而且失去了传统工艺的产品质量。后者显然是值得认真对待的。传说中，中国的一些国药丸的制备，就得"卯时采露寅时香"（点香开始操作），不然不灵。尽管说得有点邪乎，但是传统的工艺历史和实际经验的积累不能不让我们有所思考，不能一味放弃传统工艺。摄影似乎也有这个问题，只是程度不同。照相机手动操作可以做到的拍摄效果，被全自动"傻瓜"照相机所替代。因为傻瓜照相机只有准确曝光，而没有合理曝光，我们不知道自动照相机在此刻用的是多高的快门速度？多大的光

圈？一旦我们不能够控制快门和光圈，那么傻的并不是自动照相机，而是我们自己。

照相机是人类制造的，设计者考虑了摄影者合理曝光的需要，现代照相机都在测光系统的基础上，实现了可控制的自动曝光，并设有"自动"（P）和"手动"（M）挡。照相机的自动曝光方法有四种：A/AV光圈优先式，S/TV速度优先式，P程序式，DEP景深优先式。

这里以佳

能EOS350D为例，着重介绍一下"在创意拍摄区模式下的拍摄"。

佳能EOS350D的模式转盘分有两个功能区域：

一个是基本拍摄区，另一个是创意拍摄区。

基本拍摄区包括全自动拍摄和程序影像控制区，这是只需要对拍摄主体做基本判断或不做任何判断，就可以按快门拍摄的区域。这个拍摄区实际上针对特定对象，在拍摄程序设定上是有针对性的，比如"人像"模式会使背景虚化，光圈较大，景深小；"风光"模式光圈较小，保持较大的景深；"夜景人像"模式采取低速同步快门；"运动"模式采用高速快门，等等。只是我们不知道所采用的光圈和快门的具体数值。在拍摄中，逐步掌握基本区域的拍摄效果，做到心中有数，在一般情况下，也能够发挥其特定的效果，而且便于更快地抓住目标主体。创意拍摄区是完全根据需要获得拍摄效果的，是自行设置光圈和快门值的区域。

P 程序自动曝光

该模式程序曝光的光圈和快门速度均由照相机按照测光系统测得的主体亮度自动设定，在光圈和快门速度组合上与全自动模式相同。在佳能EOS350D照相机中的P模式与全自动模式在操作上有很大的不同。在P模式下的拍摄设置、内置闪光灯设置、EX系列闪光灯设置、图像记录设置和功能，在全TV 快门优先自动曝光模式下是不能使用的。

在P模式中，可以使用"程序偏移"功能，即在保持曝光值不变的情况下，任意更改照相机设定的快门速度和光圈的组合。具体操作是将快门按钮按下一半，然后转动齿形拨盘，直至显示出所需要的快门速度和光圈值。

TV快门优先自动曝光

该模式采取快门速度手动、光圈自动方式。拍摄时，我们可以根据需要手动调节快门速度，照相机将根据主体亮度自动设置相应的光圈值。当我们对主体表现需要优先考虑快门速度时，可以采用TV模式。高速快门可以凝固主体的运动瞬间状态，低速快门可以模糊主体，体现动感。操作时先将模式拨盘设定在TV挡，转动齿形拨盘，直到液晶显示屏显示所需快门速度，可以以1/3级为单位调整，如1/50秒到1/100秒之间，有1/60秒、1/80秒等，相差1/3 级快门速度可供选择。该机提供最高快门速度为1/4000秒，最低快门速度为30秒。快门速度选定后，半按快门钮，进行对焦，光圈值自动设置。光圈值不闪烁，即为曝光准确。

AV光圈优先自动曝光

该模式采取光圈手动、快门速度自动方式。拍摄时，我们可以根据需要手动调节光圈，照相机将根据主体亮度自动设置相应的快门速度。当我们对主体表现需要优先考虑景深效果时，可以采用AV模式。选用小光圈（较大的f/值），可以获得较大的清晰范围；选用大光圈（较小的f/值），可以缩小清晰范围，使背景模糊，主体突出。操作时先将模式拨盘设定在AV挡，转动齿形拨盘，直到液晶显示屏显示所需光圈值，可以以1/3级为单位调整，如f/5.6秒到f/8秒之间，有f/6.3、f/7.1等相差1/3级光圈值可供选择。光圈值选定后，半按快门钮，进行对焦，快门速度将自动设置。快门速度不闪烁，即为曝光准确。

M 手动曝光

该模式完全采用手动设置光圈值和快门速度，操作时先将模式拨盘设定在M挡，转动齿形拨盘设置快门速度，持续按着AV，转动齿形拨盘设定光圈值。使用手动模式，要参考选定的测光模式在取景框中的曝光量值，或者使用独立测光表参考其读数，以便确定准确曝光量。

A－DEP 自动景深自动曝光

这是可以保证正确曝光并精确控制景深范围的曝光模式。佳能EOS350D采取7个自动对焦点，测定最近和最远的景物。操作时将模式拨盘设定在A－DEP挡，然后使用自动对焦功能对着主体，半按快门钮，闪烁红光的自动对焦点将对所对准的景物进行对焦。可以保持半按快门状态，按景深预示钮，查看景深，在合适时完成拍摄。该机在镜头的对焦模式开关设定为MF时，因其效果同使用P模式，故A－DEP模式不能使用。

由此可见，创意拍摄区的拍摄模式为我们在准确曝光的基础上，提供了可以选择合理曝光的方式，对被摄主体的表现、对画面效果进行有意识的控制，故为"创意拍摄"。事实上在一般情况下，TV和AV模式在拍摄操作时比完全手动操作便捷；A－DEP模式对拍摄风光，特别是拍摄人物群像时更是方便实用。上面我们只是以佳能EOS350D照相机为例对自动曝光模式作了一个说明。其实，目前许多中高档相机都有自动曝光模式，其中以速度优先和光圈优先最为普遍。因此，应该学习熟练使用TV和AV模式，要做到熟练使用，其关键是，掌握用快门速度，重在横向控制动体的清晰与模糊；掌握用景深，重在纵向控制景物的清晰与模糊，这样，我们的拍摄水平就会有很大的提高。■

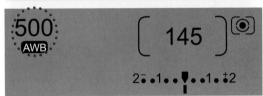

TV 快门优先自动曝光模式

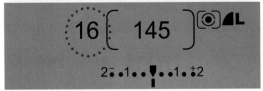

AV 光圈优先自动曝光模式

一个永恒的
旅游摄影主题

——旅游人像摄影

人像摄影是一个传统而富有生气的摄影门类，历来深受大众喜爱。由于人像摄影用途广泛，分类繁多，归纳起来实用性人像摄影的分类大致有以下六类：

按景别分类	全身人像、半身人像、胸像、特写人像
按用途分类	标准人像（证件人像）、时装人像（风格人像、婚纱人像） 环境人像（生活人像、舞台人像）
按对象分类	儿童人像、妇女人像等；人体摄影、静态人像、动态人像； 群体人像
按环境分类	室外人像、室内人像
按光源分类	人工光（灯光）人像、自然光人像
按效果分类	黑白人像、彩色人像，高调人像、低调人像

在旅游摄影中，人像摄影是必不可少的。每到一个景点，不能不留个影作为纪念。在旅游摄影的拍摄中，旅游人像占了绝大的份额，所以，旅游人像摄影是一个永恒的旅游摄影主题。

结合旅游摄影的特点，这里集中谈谈"环境人像"的拍摄，主要是自然光下的环境人像。

用光——人像造型

要拍好人像，首先需要了解不同的光线效果对人像造型的影响。不同的光线效果，指的是影响人物面部造型的主光源，也是照度最强的光源。一般分顺光、侧光和逆光三个基本光效（请参见本系列《行摄·德国》摄影课堂："美不拒绝风雨"第一节"日光的光线效果及其拍摄"），再细分斜侧光、正侧光、侧逆光等。

人像造型包括面部造型、体态造型两个方面。

一. 面部造型景别

是指特定光效对人的面部特征的表现，主要包括面部的立体感和质感、面部的眼神和表情。立体感和质感属于面部造型共性的表现，眼神和表情属于被摄对象个性的表现。

面部立体感 由于人的面部基本形状相同，因此，基本光效对人的面部造型的影响是有规律可循的。我们不妨将人的头部形状看做一个模拟长方体，这样可以清楚地比较，在不同光效、不同拍摄高度的情况下，长方体的立体形状发生变化，从中可以想象面部与头部之间的立体关系（表1所示）。比较中不难看出，长方体的立体感不仅受光线的影响，同时也受拍摄位置的影响。在正面平拍机位，立体感的表现弱，但是主面清晰；只要稍稍离开平拍机位，立体感便有

表1　　　　　　　**基本光效和拍摄高度对人的面部造型影响比较示意图**

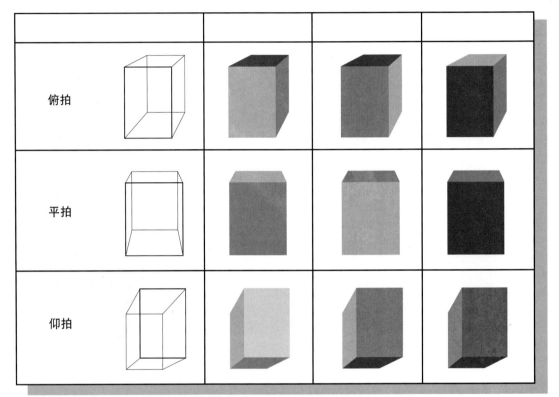

所增强；在顺光和侧光条件下，斜侧面的立体感都比较强，区别在于主面的清晰程度不同，顺光主面亮，侧光次之；在逆光下，立体感很弱，但是轮廓是清晰的。

　　不同光效对人的面部造型的立体感影响与模拟长方体是基本一致的（表2），一般情况下拍摄人像都采用平拍机位，所以以平拍机位为例，我们不难看出，顺光面部清晰，立体感弱；侧光面部清晰，立体感强；逆光面部暗，立体感弱，轮廓清晰。

　　前侧光是表现正面人像面部立体感的特殊光效。前侧光也称交叉光，在直45°和横45°交点位置。在这个位置的光源照射下，人面部的鼻子与眉毛、面额一侧的阴影相汇合，在离光远的一边脸上形成一个三角光，这时候正面人像显出了特有的立体感。

　　面部质感　人像面部质感的表现主要取决于光线的性质、光线的投射方向、景物光比的大小、曝光准确和聚焦准确。从理论上讲，要保证人像的质感都能够较好地表现，必须把握三点：曝光准确、光比合适、聚焦准确。但是，在实际拍摄中，大家都感觉到在薄云遮日的时候，人像质感的表现极佳，这是什么原因呢？

　　通常有两种不同性质的光线，一种是集射光，也称硬光，比如晴天阳光；另一种是散射光，也称软光，比如薄云遮日时的天空光。此外，还要了解景物光比的大小涉及感光材料"宽

表2　　　　　　　基本光效对人的面部造型的影响（平拍机位）示意图

	顺光 ◯	◑	逆光 ●
正面			
斜侧面 （3/4侧面）			
侧面			

容度"的概念。"宽容度"是感光材料（胶片或成像CCD或CMOS）能够容纳被摄景物光比大小的能力。景物的光比变化千差万别，明暗差别时小时大。但是，感光片能够容纳景物光比的能力却是有限的，也是确定的。宽容度大，则能力强，宽容度小，则能力弱。如果景物光比的大小在感光材料的宽容度范围内，那么景物的亮部和暗部就都能够被完整地记录下来。正是这个原因，在薄云遮日的时候，天空光（散射光）照明均匀、柔和，而且阴影模糊，甚至没有阴影，这时候，人像明暗部位的光比小于感光片的宽容度，曝光容易掌握，人像质感表现就好。（参见《行摄·德国》摄影课堂）

连旭 摄

　　如果景物的光比超过了感光材料的宽容度范围，那么我们就很难两头兼顾了。比如，拍摄侧光人像，一般情况下，面部明暗对半，如果我们按照平均测光，明暗两方的层次就都会有所损失；若采用重点测光，偏重暗部，则亮部层次受损；若偏重亮部，则暗部层次受损。一般的做法是"哪里是重点，就按哪里曝光"，但是，这对人像摄影来说，特别是为了保证面部质感的表现，并不合理。实际上，我们在拍摄顺光、侧光甚至侧逆光人像时应该多采取按照亮部曝光、暗部补光的做法，这样，一来可以保持面部色彩和质感的表现，二来减少了面部光比、降低了面部反差。拍摄逆光人像时，如果是暗背景，可以按面部的暗部曝光，此时画面以暗调为主，亮部往往因曝光过度而极度发亮，不必考虑细节表现；如果是亮背景，应该正面暗部补光，以降低人物与背景之间的光比，使人物的面部质感和背景都得到相应的表现。

　　这里需要着重提及一下"补光"问题。补光就是补充光线，也即采用辅助光照明，增强暗部的亮度，帮助造型。用辅助光要注意两点：第一，辅助光的强度。辅助光的强度必须低于主光，不然就"反客为主"了。户外人像光比一般控制在1:8左右为宜，光比不要太小，否则会失去阳光照射的感觉。因此，一定要掌握好辅助光源的亮度。第二，辅助光的位置。辅助光的位置要适当靠近照相机位或就在机位上，要避免在面部明暗交界处出现生硬的夹光。辅助光源大多用反光板或闪光灯。反光板宜用白布制成，反光柔和，亮度通过远近调节，光源位置和亮度都容易控制。但是使用时需要有人协助，常常会感到使用不方便。在有三人以上结伴出游的情况下，使用反光板仍不失为一个好方法。用机位闪光灯作辅助光是旅游摄影最常用的方法，使用时按照亮部为曝光标准，采取强制闪光。这时面部的亮度是：

亮部的受光亮度＝阳光照度＋闪光照度＝2　暗部的受光亮度＝闪光照度＝1

　　面部的光比是2:1。为了扩大光比，需要减弱闪光强度，常用的方法是在闪光灯前蒙一层纱布和半透明膜（通过试拍调整亮度）。在旅游中，我们可以采取增加拍摄距离的方法，本来在2米处拍摄，不妨退到3米处，如带有变焦镜头的话，可以用变焦调整景别。增距减光的补光方法在旅游摄影时更为方便实用。

　　目前，一般感光材料的宽容度都已经接近和超过了1:128，使得人们往往都忽略了宽容度。事实上，尽管感光材料的宽容度大了，但是被记录的景物光比是压缩的（感光材料的反差系数均小于1），因此，尽管景物的反差在宽容度范围内，我们也总是感到照片的反差要比实际景物的反差大一些。这就使我们在景物光比较大的情况下，应该考虑曝光的合理性。

眼神与表情　眼神与表情是面部造型的重要内容，它与面部的立体感和质感表现不同，如果说面部的立体感和质感表现倾向于技术性，那么眼神与表情的表现就更倾向于艺术性。它

路易斯·卡斯特涅达 摄　　　　　　　　路易斯·卡斯特涅达 摄

没有一定的规律可循，是随机的、变化的、意会的，是人像面部造型最富创造性和个性化的方面。若在同地同时拍摄同一人物，拍摄结果有所差别的话，就唯有眼神与表情表现的不同。人们常说，"眼睛是心灵的窗户"，"眼睛传神"，眼神牵动着表情，是被摄者一种内心情绪的自然流露，是一种会意、深邃、细腻的情绪变化。不少摄影教材都有如何抓取眼神和表情的内容，其实只须记取两点：一要学会与被摄对象之间即刻的交流和沟通，就像照相馆的老摄影师，他在顷刻之间便能够使顾客进入放松自如的状态；二要观察细致、捕捉果断、技术纯熟，总之，使被摄者自然，拍摄者敏捷，是表现好眼神和表情的重要基础。

二. 体态造型

体态造型是指特定光效条件下，与人像面部造型及其年龄、性格相适应的身体形状和体形线条特征的表现，包括姿势和手势。

姿势　半身和全身人像造型都涉及人物的整体姿势，它发之于内、形之于外，与眼神、表情密切相关，它不仅与人物的情绪表现有关，而且作为一种"肢体语言"，决定了人像造型以及在画面中的基本构成。

姿势分静态姿势和动态姿势。所谓静态姿势，是指被摄人物站立或坐在一个位置上固定的姿势，在旅游人像摄影中，以这种静姿拍摄居多。所谓动态姿势，是指被摄人物具有动作的姿势，如谈话、看书、参观、购物、划船时的姿势等，这种动姿拍摄也是旅游人像摄影中经常使用的。

D·詹姆斯 摄　　约翰·洛恩加德 摄

　　拍摄静态姿势　要注意处理好两个关系，首先是人物站与坐的姿势与面部造型的关系，应以面部造型为主，确定站姿和坐姿的位置和方向，或站？或坐？拍摄者可以提出建议，征求被摄对象的意见，力求自然，切忌生硬；再者是人物站与坐的位置同背景的关系，关键是要利用对比，处理好人物与背景的空间关系，突出人物。一般建议用光圈优先式曝光拍摄。（参见《行摄·巴西》摄影课堂）

　　拍摄动态姿势　在旅游中，尽管一般动态姿势的动作幅度不会太大，有1/125秒的快门速度足以摄取，但还是拟采用速度优先式曝光拍摄为好。为了摄取自然的动态，要提倡在游览过程中抓拍。抓拍就是在不干涉被摄对象的情况下的拍摄。旅游中有时可以顺其自然作适当安排，比如在参观中，让被摄者停留一下，走得稍慢一点等，但不宜作大的组织摆布。事实上，绝大多数的动态姿势是摆不出来的，只有自然才能生动。因此，要尽可能保持被摄者的姿势处于自然的状态，留住真实，留住自然，抓拍是唯一的方法。在旅游过程中，要同时抓取生动的姿势以及表情，比起拍摄静态姿势难度要大一些。难就难在要在观察中发现、判断什么动姿最美？判断的同时就按动快门，做到"眼到、心到、手到"，这"三到"之间往往缺乏过程，眼睛、判断与拍摄几乎是同步的。即便看到了，也意识到了，然而手没有及时按快门，那么你看到的那个瞬间也就即刻消失了，而且一般不会再重复出现。因此，抓拍需要有意识的锻炼，增强抓拍意识，提高审美判断，提高拍摄技术。因为在旅游摄影中，动态姿势不大，正好是锻炼抓拍的好机会。抓拍既是方法，又是技术，是摄影艺术综合能力的一种体现。因此，有意识地通过拍摄动态姿势学习抓拍，对提升摄影艺术综合能力是很有帮助的。

　　有的书上把人像摄影分为肖像和抓拍人像两种，其实就是静态姿势和动态姿势的之分，但是两种人像摄影，静抓表情，动抓姿态，都需要学习抓拍。

　　手势　手势是肢体语言的一部分，是体态造型的重要内容，对人像的面部造型以及画面的构成都有着重要的作用，在近景和特写人像摄影中尤为突出。手势往往能够决定人物的整体姿势，能够牵动人物的面部表情，因此在人像造型中，我们经常利用手势来协调姿势，利用手势来强化表情，利用手势来帮助构图。

毛文勇 摄

　　在体态造型中，手势变化灵活，容易与人像面部配合。所以，在近景或特写人像中，我们常常利用手势来引导面部表情和深化面部表情的表现，能够起到画龙点睛的作用，同时也会使画面构图产生出其不意的效果。

　　手势是人物内心情绪的一种自然反映，手势在肢体语言中也最能够反映人物的个性，因此，要观察被摄对象的手势习惯，拍摄时应该利用人物的习惯手势，以期充分表现人物的性格特征。

　　三　景别对人像造型的影响

　　人像景别是以人物的摄入画面的部位大小来确定的。

　　·全景（全身）适宜表现人物的体态、动姿，着眼于人物形状和线条的整体表现；

·中景（半身）体态、手势，人物形状和线条的部分表现；

·近景（大半身）适宜表现人物的手势、表情，主要着眼于人物表情；

·特写（面部、面局部）以强烈和清晰的视觉效果，表现人物面部的表情以及质感特征。

可见，全景重在体态造型，近景和特写重在面部造型，中景则两者兼顾。人像造型对景别

中景──→近景

全景　　　　　　　　　　　　近景──→特写

特写和近景

全身及其背影的表现

的选择是拍摄者对被摄人物造型重点的选择。是着眼整体，还是局部？是着眼体态大势，还是面部细节？前者多用全景，后者多用近景。我们也经常为了兼顾体态和面部，或者是为了顾及必要的人物环境，采用中景处理。

景别从"全景－中景－近景－特写"的大小变化，是人像摄影由体态造型转向面部造型的变化，是由体态造型的姿势向手势的变化，是由面部造型向深入表现表情和质感的变化。同时，也是人像摄影中从有陪体到无陪体，从有背景到无背景的变化，是环境人像（有特定环境的人像）向主题人像（无特定环境的人像）的变化。

人像摄影中对景别的选择会对造型产生很大的影响，这就需要我们了解被摄对象，了解被摄对象与环境的关系，明确我们的拍摄目的。 ■

取景——风光人像、旅游纪念照的拍摄

在旅游摄影中，风光人像是一个特别的体裁，是风光景致加人像。既有单人、双人以及三人以上的群体人像之分，又有一般风光人像和纪念风光人像的区别。一般风光人像（也称"风情人像"），其景物没有特定的指向，如森林、草原、山川、河流、街头、建筑等，多以人物为主，其主要特征是特色鲜明、景色优美、人物突出（如图2）；而纪念风光人像中的景物是有特定所指的，如，北京天安门、八达岭长城、杭州西湖等，从而加重了景物表现的分量，风光与人物并驾齐驱。其主要特征是环境（风景名胜）典型，景物清晰，人物鲜明（如图1）。两类风光人像在表现上有一定的区别（如下表）。

	视觉感受	景别选择	造型用光	景深处理
一般风光人像	既有艺术表现，也有纪实表现，两种倾向都可以	全景、中景、近景、特写均可，以小景别居多	顺光、侧光、逆光均可	大小景深均可
纪念风光人像	有明显的纪实表现倾向	多采用中景、全景，大景别居多	多采用顺光、侧光	多采用大景深，保持景物的清晰度

一般风光人像　既包括旅游中的泛景物人像，也包括当地的民俗风情人像。尽管一般风光人像对景物的要求很宽泛，但是要求特色鲜明，比如，中国北京的胡同，欧洲的哥特式建筑，蓝色的大海，绿色的草原，等等。它虽然没有明确指某某建筑、某某草原，但是民族、地域和环境的特点极其鲜明。一般风光人像的内容丰富，形式多样，表现手段不拘一格。

纪念风光人像　对于纪念风光人像来说，值得纪念的风光——景物很重要，景物是旅游纪念的主题，拍摄的意义就在于我们曾经来到了这个地方，见识过这片名胜之地。因此，无论前景还是背景，陪体必须典型，人物和景物都要清晰。在拍摄时，要特别注意人物与景物关系的处理。一般有两种情况：人物在景物之中，或者人物在景物之外。景中人像，人物距离景物比较近，往往是局部景物，既有室外的，也有室内的；景外人像，人物距离景物较远，景物相对完整，室外居多。因此，建议在拍摄时多用顺侧光，多用小光圈，多用中全景，人物在画面中不宜太大。

室内（景中）人像　拍摄室内人像，在光线允许的情况下，尽量不用闪光灯。一般照相机的闪光灯照射范围小，对较大范围的景物起不到作用。在光线不足的情况下，机位闪光灯照明最容易造成前面人亮，背后景物一片黑的效果。白天在可供参观拍照的室内，用高感光度（ISO 200、400）

千岛湖留影　　莫干山毛泽东住所前　参观杭州丝绸博物馆

图1　纪念风光人像：对人物背景，所摄及的景物、环境有明确所指的人像照片。

图2　一般风光人像：对人物背景，所摄及的景物、环境没有特定所指的人像照片。

北戴河旅游纪念群像

胶片或适当调高数码相机的感光度，用大光圈，适当降低快门速度（1/30秒、1/15秒或1/8秒）是完全可以获得较好的效果。如果光线过暗，可以用闪光灯加慢门的方法，比如测得景物曝光组合是f/3.5、1/2秒，我们可以在开启闪光的同时，继续用1/2秒曝光，使近处的人物得到闪光照明，较远的背景在慢门中继续得到感光，此时三脚架是必不可少的。小范围景物可以用闪光灯，但要注意避免人物在背后景物的闪光投影。

室外（景中和景外）人像 应该多用顺光、顺侧光、侧光，多用中景处理，尤其是拍摄群像，要注意避开侧光投影，尽可能保持较大的景深，保持景物有较好的色彩、立体感和清晰度。外出旅游，我们常常遇到侧逆光或逆光景物，应该按照景物的暗部曝光，人物（距离照相机3米左右）可以用强制闪光辅助或曝光补偿方法，同时要注意用较暗的背景，衬以明亮的轮廓光，同样能够得到很好的效果。

风光人像的取景 风光人像的取景应该遵循摄影构图的一般规律，要掌握在画面的空间分配，诸如平衡、对称、和谐、黄金分割律（三分法）等。所谓"艺无定规"是"循规而后越矩"，只有掌握了规律，才能够创新和超越。（参阅《行摄·巴西》摄影课堂）

画面的空间分配，是指人物和景物在画面中所占的位置和大小。对一般风光人像来说，空间分配应该灵活，应以突出人物为主。而对纪念风光人像来说，人物和景物关系相对均等，画面的空间分配必须兼顾人物和景物，而且要重视景物的安排。总的来看，在纪念风光人像的画面空间分配中，人物大了，景物必然小，过小的局部景物会失去景物的特色。因此，人物不要太大，要尽可能保持景物相对完整，突出景物的典型特征。这是纪念风光人像与一般风光人像的重要区别。在纪念风光人像中，尽管人物并不占主导空间，但仍然是画面的视觉中心（参见《行摄·巴西》摄影课堂），因此要特别注意安排人物在画面中的空间位置，画面的三分处、三分交点处、画面中心位置都是值得利用的，这些看似十分传统的画面空间分配办法，给人们带来的视觉美感，是我们无法超越的。

显然，画面空间分配最终是通过构图来实现的，要敢于打破陈规，但首先要掌握规律，遵循规律。只有努力去表现好对象的个性，才能够在长期的实践中形成自己的拍摄风格。

人像摄影的表现涉及方方面面，用光、构图；对比与和谐；景别的大小；正面、侧面和背影、体态、手势、眼神、表情，质感、色调等，加上必要的光圈和快门速度组合的考虑，似乎十分复杂。其实，这与驾驶汽车一样，方向、油门、刹车、换挡、左右后视、方向提示等，说起来一大堆，实际上是一种集合式的技能，需要综合性操作。面对这种集合式技能，我们经常采用排除法，集中解决一两个突出的问题。只要多看、多拍，自然会驾轻就熟的。■

　　这张照片摄于北京国家博物馆门口，属于纪念风光人像中的景中人像类，人物距离景物很近，是局部景物。画面由竖向形状线条组成，视觉重力在人物所靠的左侧立柱上，近于"三分"位置，镜头的透视倾斜，有视觉重力右移的明显感觉，因此，人物的安排不觉得偏重，两片蓝天和人物白色服饰形成的倒三角视觉，与廊柱的顺三角视觉相呼应，使画面趋于视觉重力平衡。人物和景物的形状大小的对比，显出了国家博物馆门廊建筑的高大，采用大半身全景别，顺光，平均测光，f/11，1/60秒。

　　这张照片摄于北京世界公园埃及金字塔景观，尚属纪念风光人像。画面采用了非传统对称平衡的中心构图，以及大光比、大面积的明暗对比，人物置于画面底端中央，用人物的黑白影调打破景物均衡的光影对比而取得平衡。正侧光，按亮部测光，f/11，1/125秒。

和谐·对比·三分法

　　本幅作品摄于北京颐和园佛香阁下，属一般风光人像。画面利用了色彩的和谐以及人与景的质感、大小的对比，采用三分法构图。人物安排在黄金律的交点上。顺光，平均测光，f/16，1/60秒。

　　本幅作品摄于庭院，尚属一般风光（景中）人像。采取非传统的中心分切构图和人物整体反向处理，但是，人物位置仍然处在传统的三分位处。逆光，按暗部曝光，f/4.5，1/30秒。

非对称中轴·对比·三分法

海南三亚观音祠

审美——人像摄影，一个大众化的审美话题

——在人像摄影展览上，人们面对一幅幅优秀的艺术人像之作，静静观赏，默默赞许，"真美！"

——在某纪念馆里，一位老红军手指着在当年边区运动会上的照片，"贺龙、关向应，这是我……"说着泣不成声。

——在电脑跟前，常常会听见家人高声说，"快来看，他们在欧洲，发来照片了。"……

这里我们看到的是一般情况下，人们对摄影的两种截然不同的视觉感受和心理状态，特别对人像摄影，一种是如何看待一幅优秀的艺术人像作品？另一种是如何看待一张自己的或亲人、同学、战友的照片？即便是面对同样一张照片，被摄对象看和与照片无关的人看，感觉自然很不相同。

人们对人像艺术之美的欣赏和赞许，与人们对亲情、友情的情感体验，特别是面对亲历见证的激动，显然是两个不同层面的话题。但是，这里不得不指出的是：照片的亲历见证是摄影最本质的反映，用今天的时髦说法是原生态的；而照片的艺术感受却是摄影本质的延伸，是衍生态的。这如同有了文字，有了记录方式，才有了小说、诗歌等体裁一样。对摄影与绘画人像在感受方面的差别，其原因也在于此。

在一般情况下，对人像摄影来说，人们更关心的是如同黑格尔所言，是"看到自己的一切是什么"，是自己和自己周围相关联和感兴趣的人、物、事。人们对摄影亲历感的特别关注，是通过亲历瞬间、过程瞬间，对完整的过程体验而表达出来的。对摄影实证性的特别关注，是世间人类情结的特殊感受和需要，铸成了照片这个不大的空间里所仅能留下的一串串值得回味、寄托的印记，奠定了摄影大众化审美的基础。

对摄影来说，大众审美的对象是纪实的，有特定的边界，受到人、物、事之间的确定关联的限制。审美兴趣点在于自己或有关的人，是自己去过的地方，是自己经历过或同样经历过的事，是思维联想的激动；而艺术审美的对象可以是纪实的，也可以不完全是纪实的，往往没有特定边界，不受具体人、物、

杭州西湖苏堤

事之间关联的限制。其审美兴趣点是自己对周围的人、物、事的情绪共鸣，不管是谁，都会为之感动。大众审美具有针对性，其边界越明确，对象越具体，情绪越强烈；而艺术审美具有包容性，其边界越含糊，对象越宽泛，情绪也越平和。因此，人像摄影在摄影大众的审美领域占有重要位置。按一般说法，艺术审美自然要高于大众审美。但是对摄影来说，大众审美与艺术审美没有高低之分，即使摄影艺术家也同样有大众审美情结，这是由摄影纪实特性所决定的，也使摄影有了极具个性化的一面。

海南三亚海滨

人像摄影是当今家庭照片中不可或缺的内容，在一般的旅游摄影中，也是风光人像居多。如今，的照相机更高档了，操作更便利了，使"旅游纪实"的概念很快进入了一般家庭的生活范畴之中，尽管仍以人像为主，但是实际上拓宽了旅游拍摄的内容。除了纪念风光人像，还有一般风光人像，特别是抓拍生动有趣的游览照片，抓拍鲜见的当地民俗风情照片，以及风光、小品等。旅游人像不仅有正面的、也有侧面的，还有背影。其实，在旅游纪实过程中，人们的审美对象正在发生微妙的变化，这时候被摄对象的确定性被有意或无意地打破了、弱化了，拍摄者会以更宽阔的视野，注意更多的新内容和新形式（参见《行摄·巴西》摄影课堂），其结果是审美兴趣的扩大，是审美情趣的丰富，是审美意识的增强和审美感受力的提升。

让我们一起来浇灌这片摄影大众化的审美园地吧！ ■

杭州丝绸街

巴基斯坦旅游信息

地区概况

巴基斯坦伊斯兰共和国（The Islamic Republic of Pakistan）位于南亚次大陆西北部。东与印度接壤，东北与中国为邻，西北同阿富汗交界，西同伊朗毗邻，南临阿拉伯海。面积79.6万平方千米。北、西部山地和高原占国土面积近60%。蒂里奇米尔峰高7690米，为全国最高峰。东南部为印度河平原。

巴基斯坦是一个发展中国家，经济以农业为主。粮食基本自给自足，大米、棉花还有出口。由于地处亚热带，水果资源非常丰富，巴基斯坦素有东方"水果篮"之称。在平原洼地盛产香蕉、橘子、芒果、番石榴和各种瓜类，在山地高原则盛产桃子、葡萄、柿子等。主要矿藏储备有天然气、石油、煤、铁、铜、铝土等，还有大量的铬矿、大理石和宝石。工业落后，最主要的工业是棉纺织业，其他还有毛纺织、制糖、造纸、烟草、制革、机器制造、化肥、水泥、电力、天然气、石油等工业。主要出口棉花、大米、纺织品、皮革制品。

巴基斯坦的手工艺品，以技术精湛、历史悠久而著称于世。其手工艺史可以追溯到史前时代。骆驼皮和鹿皮制品、地毯、玛瑙制品等历经几千年匠人们的琢磨，已日臻完善。

景点列表：费萨尔清真寺、吉德拉尔山谷、济亚拉特、加甘谷、贾汗吉尔王陵、开伯尔隘口、拉合尔博物馆、拉合尔古堡、兰吉特·辛格墓、摩亨佐·达罗古城遗址、穆里山、阿尔贾·德夫师尊神殿、齐拉斯石刻、斯瓦特、夏克帕里安公园、夏丽玛公园、伊克巴尔陵墓、真纳墓、巴德夏希清真寺、独立纪念塔、芬扎、果德迪吉、哈拉帕、罕萨、小山公园等。

旅游信息

首都：伊斯兰堡，人口36万，是全国政治、经济、文化中心。

语言：乌尔都语为国语，英语为官方语言。

主要民族语言有旁遮普语、信德语、普什图语和俾路支语等。

宗教：巴基斯坦是一个伊斯兰国家，95%以上的居民信奉伊斯兰教。

时差：比格林尼治时间早5个小时，比北京时间晚3个小时。

国际电话区号：92

电压：电流适用220/240伏交流电，及5和15安培，插座通常为二脚或三脚圆针插，电力经常中断，使用电视及音乐设备时应先测试电流是否可通用。

商店营业时间：营业时间在上午09:30-13:00；下午15:00-19:00

货币：巴基斯坦卢比。

小费：一般饭店加收10%消费税和10%的服务费，小费则随意。餐厅在账单外要付10%的小费，计程车要加付车资的10%，在火车站、机场需付行李搬运管理处15卢比，另付搬运工一定费用。

饮食：巴基斯坦人以面食为主，米饭次之。爱吃鸡、羊、牛、鱼（不食无鳞鱼）等肉食，禁忌猪肉。主要饮料为果汁、汽水或凉水，按伊斯兰教规禁止饮酒，餐馆不供应带酒精的饮料，但对外国人没有限制。祝酒亦可以水代酒。爱吃奶制品、辣椒和胡椒，饭后爱吃甜点和水果，最后喝红茶（加奶和白糖）。绿茶在巴基斯坦也流行。巴基斯坦人一般认为左手是不洁的，忌讳用左手拿食品给客人。

巴基斯坦公众假期
1. 工作日和休息日

巴基斯坦政府部门每周一至周五上午上班，周五下午休息，周六正常上班，周日继续休息。工

Destination
Pakistan
2007

作日的工作时间一般为上午 9 时至下午 3 时。

2. 公众假日

开斋节（Eid-ul-Fitr）巴基斯坦最重要的节日，在每年的斋月之后，时间每年有变化。

赎罪节（Youm-e-Ashura）3 月 13-14 日。

巴基斯坦国庆日（Pakistan Day）3 月 23 日。

先知穆罕默德生日（Eid Milad-un-Nabi）5 月 14 日。

巴基斯坦独立日（Independence Day）每年的 8 月 14 日。

古尔邦节（EID-ul-Azha）伊斯兰教历 12 月，公历 1 ~ 2 月。

国父真纳生日（Birthday ofQuaid-e-Azam）12 月 25 日。

交通信息

巴基斯坦境内共有 21 个机场，其中卡拉奇国际机场是欧亚航线必经的航空站之一。国内最大的航空公司为巴基斯坦航空公司，拥有各式飞机约 35 架，与世界各大都市往来便利。机场与市区之间交通有机场巴士，车票 10 卢比。另外也有计程车，需上车前谈妥价钱。此外，亦可搭乘饭店提供之专车。

市区的交通工具除了计程车之外，也有公共汽车。摩托三轮车、马车及骡车当地称为 Tongas，随叫随停，可乘坐 3 人至 4 人，适合兜风。

喀什有每天开往巴基斯坦苏斯特的国际班车，可以在国际长途汽车站搭乘。也可以在塔什库尔干上车。从苏斯特沿喀喇昆仑公路到伊斯兰堡，有巴基斯坦长途汽车和私营中巴，可以在你想停留的任何地方下车。

最佳旅游时间

巴基斯坦大部分地区处于亚热带，南部属热带气候，北部部分高海拔地区终年积雪。年平均气温 27C°，年均降雨量 270 毫升。巴最炎热的时节是 6、7 月份，大部分地区中午的气温超过 40℃，而在信德和俾路支省的部分地区中午气温则可能高达 50℃ 以上。海拔高度超过 2 千米以上的北部山区比较凉爽，且温差大，昼夜平均温差 14℃ 左右。气温最低的时节是 12 月至 2 月。巴基斯坦夏季炎热，秋冬旅游较为适宜。每当夏季北部高山上积雪融化，再遇上季风暴雨，流贯巴全境的印度河陡涨，往往泛滥成灾，成为巴主要的自然灾害。

出入境规定

我国同巴基斯坦签有互免签证协议，所以因公务去巴基斯坦不需办理入境签证。但离境时需向我国边防人员出示有关单位开具的出境证明。入境巴基斯坦，需接种霍乱疫苗。入境时最好携带各种药品，以备急需，其中包括虐疾预防药。出境无特别麻烦之处，但需要注意以下几点：

1. 在巴基斯坦停留时间少于 30 天者，去巴基斯坦办理入境时在护照上加盖停留天数之戳章，出境时则无须提供任何证明。

2. 已在巴基斯坦停留 30 天以上者，必须于返回前取得警察机关的出境许可。

3. 已在巴国长期居留达 6 个月以上者，必须持有税务机关的纳税证明书，否则无法预购机票。

4. 以上各种离境情况均须在机场交付 100 卢比的出境税。离开巴基斯坦时的交通工具可先向饭店预约出租汽车，由市区至机场大约需要 30 分钟。根据巴基斯坦海关规定，离境旅客除了随身行李和饰物及必须的旅行工具外，尚可免税携带 200 支香烟、50 支雪茄或半磅烟丝，合理数量的香水以及开封过的古龙水。酒、水果、火柴、植物、毒品或危险物品等，一律禁止携带。电器用品允许免税携带一件。一般而言，离境旅客若行李不多，遇检查不会很严格；若是携带太多的样品或礼品，则必须缴付关税。此外，携带维修机械设备所需之零件，要事先取得许可证，否则会遭没收或课处重税。同时，请前往巴基斯坦访问、旅游的人员注意尊重当地风俗习惯，不携带酒类和含酒精饮料，不携带猪肉食品，否则过海关时可能会遇到麻烦。

后记
Postscript

　　刚刚搁笔，这是"摄影非常道"系列的第三本《行摄·巴基斯坦》的最后一稿。当初接受系列出版计划时，打算写的是巴西、德国和北欧，沐风工作室的朋友认为，既然是系列，就应该像个系列的样子，一本《行摄·巴西》是写的美洲国家，另外两本却都是欧洲国家，不太像一个系列。他们提出了能不能三本书分别写三个洲，每个洲先选择一个国家的想法，仔细想来，他们的想法是有道理的。我突然想起，曾经为中央电视台的一位朋友在一本旅游杂志编过一组题为《巴基斯坦，迎风而站的美丽国度》的图片稿，是这位朋友参与中央台和凤凰台合作拍摄《邻邦故事》时在巴基斯坦拍摄的，记得这组照片，人物居多，形象自然生动，没有那么刻意和雕凿，很值得一书。于是很快与他取得了联系，他就是我的朋友徐海——中央电视台10套《探索·发现》栏目制片。我们的合作不仅愉快，而且利索，前后半个月的时间就完成了初稿。也使沐风工作室朋友们提出的系列设想得以落实，心里踏实了许多。尽管他一再说，在巴基斯坦由于事先准备很不充分，所以照片质量不是很高，但是，这正好符合一般旅游摄影的实际情况，要的只是一种强烈的情绪，一种拍摄的冲动，一种用照相机与被摄对象（无论是自然风光还是人造景观，无论是人物还是动物）大胆交流的激情。在这里，再次感谢徐海以及他的巴基斯坦朋友比拉尔·哈克，特别要提的是中国国际广播电台的赵俏女士，她不仅在巴基斯坦给予了徐海在工作和生活上多方面的支持，而且回国后也为本书的出版予以了极大帮助。

　　在本书的编写过程中，巴基斯坦驻华大使萨尔曼·巴希尔先生及新闻文化参赞穆罕默德·伊夫迪哈·拉加先生在百忙中对书稿提出了宝贵的建议，并亲自与巴基斯坦外交部以及旅游局联系，为书中的专题补充了难得的内容。在此特向尚未谋面的巴基斯坦朋友表示诚挚的谢意。

　　值得高兴的是在本书即将完稿的时候，中国驻巴基斯坦大使张春祥先生和巴基斯坦驻华大使萨尔曼·巴希尔先生及新闻文化参赞穆罕默德·伊夫迪哈·拉加先生专门为本书题写了祝辞，在此向他们表示深深的感谢。

　　中巴友谊不仅历史悠久，而且意义深远，其实这样一本旅游加摄影的册子远不足以惊动大使。但是，我和参与编辑的同仁、朋友们深知大使们为不断延伸中巴友谊之路的良苦用心和坚定信念。我们在编辑这个系列的时候，也越来越感觉到，旅游这个轻松的名词，其实它所涉及的方方面面总是在不同的层面上，增进着不同地域、不同国度和不同民族之间的相互了解、相互交往、相互联系。不敢说一本册子就有多大的作用和意义，也应该是尽其加砖添瓦的微薄之力、理应做好、做精。在发稿的时候，得悉"2007年巴基斯坦旅游年"启动仪式已于2006年12月15日在伊斯兰堡举行的消息，让人颇感兴奋，希望本书的出版也能够为办好巴基斯坦旅游年做一点事情，让国内更多的人士了解巴基斯坦，以及拿起照相机亲往拍摄巴基斯坦，留下更多美好的镜头，留下更多美好的记忆。

　　本书理论篇的文章是在原有讲稿的基础上重写的，改编时对其中列举的图片做了较大的调整，但仍然保留了一些原有的图片，除了书中署名照片外，为了便于说明，还用了不少平时给同事、朋友和家人拍摄的照片，也采用了同事们拍摄的照片，这里一并向陈晶、毛文勇、谭德明、杨援朝、侯惠琴等同志表示感谢。

　　在这套系列图书全部完稿的时候，再次感谢出版社的编辑同仁的全力支持，感谢沐风工作室的段战江、何源、韩慧琴以及陈晶等朋友的潜心合作，感谢张益福老师的关心和指教。

2007年春节 于北京

作者简介
About Author

丁允衍

· 1948年生于上海。

· 毕业于北京电影学院摄影系新闻专业，二级摄影师、编审、中国摄影家协会会员、中国新闻摄影学会学术委员。曾任财政部中华会计函授学校电教部主任、《中华会计学习》杂志主编、副校长等职。

· 20世纪80年代起，先后编辑、设计、拍摄了《五台山》、《龙》、《吕梁》、《晋南民俗与民艺》、《山西》、《沙飞纪念辑》等大型画册。爱好摄影理论，坚持业余研究长达20余年，撰写论文分别入选第二、第三、第四届全国摄影理论年会，入选体育摄影理论、军事摄影理论研讨会。《新闻摄影的艺术扩张》获全国优秀论文二等奖；《新闻摄影的纪实美初探》获改革开放20年中国新闻摄影优秀论文二等奖。

徐海

· 1970年10月生于天津。

· 1990～1992年就读北京建筑工程学院。

· 1992～1997年在财政部中华会计函授学校电教部从事摄影、摄像工作。1995～1998年就读北京广播学院摄像专业。

· 1997年至今就职于中央电视台，现在央视10套《探索·发现》栏目从事制片工作。

沐风图书工作室策划

策划：段战江 韩慧琴
设计：河 源
责编：夏 晓
校对：朱晓波

图书在版编目(CIP)数据

行摄•巴基斯坦/丁允衍著. —杭州：浙江摄影出版
社，2007.1
（摄影非常道系列）
ISBN 978-7-80686-551-4

I. 行... II. 丁... III.① 摄影集—中国—现代
②巴基斯坦—摄影集 IV. J421

中国版本图书馆CIP数据核字(2006)第164992号

（版权所有 翻印必究）

书 名：行摄•巴基斯坦
作 者：丁允衍 徐海

出版发行：浙江摄影出版社
(杭州市体育场路347号 邮编：310006)
网址：www.photo.zjcb.com
传真：0571-85159646
经销：全国新华书店
制版：浙江新华图文制作有限公司
印刷：浙江新华彩色印刷有限公司
开本：787×1092 1/16
字数：50(千)字
印张：9
印数：0001-3000
2007年3月第1版 2007年3月第1次印刷
ISBN 978-7-80686-551-4
定价：38.00元
(如有印、装质量问题，请寄承印单位调换)